오늘 아침 어떤 꽃을 만나셨나요

오늘 아침 어떤 꽃을 만나셨나요

현동선
수필집

매 순간의 셔터 누름으로 담은 소리와 미소,

아름다움과 귀중함을 언어로 전달하고 싶다.

이것이 순수한 수필가의 메타포라 생각한다.

당진문화재단
Dangjin Cultural Foundation

새미

작가의 말

꽃이 피어나는 순간은 자연이 우리에게 보내는 가장 섬세하고 아름다운 메시지다. 꽃잎 하나하나가 품고 있는 색과 향은 단순히 눈으로만 볼 수 있는 것이 아니라, 가슴속 깊이 스며들어 나의 감각을 깨운다. 꽃이 바람에 흔들리는 모습을 바라보면 마치 삶의 흩어진 순간들이 모여 하나의 거대한 그림을 완성해 가는 것처럼 느껴진다. 이 아름다움 속에 있는 나 자신을 돌아보게 되고, 지나온 삶의 소중한 순간들이 더욱 고맙게 느껴진다.

그 순간, 새들의 노래가 들려온다. 그 맑고 순수한 소리는 하늘과 땅 사이를 자유롭게 날아다니며 나의 마음속 깊은 곳에 잠들어 있던 감성을 일깨운다. 새들은 매일 아침 같은 노래를 부르지만, 그 소리는 늘 감미롭다. 매일 생명의 소리처럼 나를 새롭게 한다. 마치 나의 반복되는 일상에서 새로운 의미를 찾아내는 것처럼, 새들의 노래는 끊임없이 나에게 깨달음을 준다.

그리고 이 모든 자연의 경이로움과 더불어, 나의 곁에서 항상 따뜻한 미소와 이해심으로 나를 지켜주는 아내에게 고마운 마음을 느낀다. 그녀는 내 삶의 반려자이자 동반자로서, 나의 부족함을 채워주고 나에게 힘과 용기를 준다. 아내와 함께하는 시간 속에서 나는 꽃의 아름다움과 새의 노래처럼, 매일 새로운 사랑과 감사함을 배운다. 그녀의 존재는 나에게 꿈을 꾸게 하고, 그 꿈을 실현해 나갈 수 있는 용기를 준다. 이러한 믿음과 사랑 속에서 우리는 서로에게 진정한 의미의 위로와 힘이 되어 준다.

2024년 10월
바람꽃 미소를 그리며

목 차

제1부

꽃의 노래

가을 숲에서 만나는 매화, 물매화

지난해, 예쁜 꽃님이 담아온 물매화를 처음 보았을 때, 그 아름다움에 감탄을 금치 못했습니다. '우리가 살고있는 근처에 이렇게 아름다운 꽃이 있었다니!' 작고 하얀 꽃잎이 이슬에 젖은 듯 영롱하게 빛나는 자태는 신비로움을 더했습니다. 그 영롱한 꽃술에 시선이 붙잡히면서, 나는 일 년을 기다렸습니다.

갈색 바바리의 옷깃을 흔드는 바람 소리가 사랑하는 이의 따뜻한 주머니를 떠오르게 하는 요즘, 그동안 아름다운 꽃을 피웠던 작은 꽃나무들은 차가워지는 가을바람 속에서 어떤 이야기를 나누고 있을까요? 갈대가 기러기를 부르며 손짓하고, 억새가 마른 바람에 고개를 흔드는 가을의 중심에서, 나의 눈을 사로잡은 신비스러운 꽃, 물매화를 만났습니다.

이른 봄에 무거운 눈을 맞으며 소담하게 피는 설중매와는 전혀 다른 느낌의 물매화는 가을 야산에서 만나는 색다른 감동이었습니다. 물매화라는 이름과 달리 이 꽃은 물가나 물속에서 자생하지 않습니다. 물매화가 자주 자생하는 지역의 호숫가를 샅샅이 뒤져도 이 꽃은 보이지 않았습니다. 그러던 어느 날, 지리를 잘 아는 꽃님의 안내로 물매화가 자라는 장소를 알게 되었고, 그곳이 물가가 아닌 나지막한 야산의 경사진 곳이라는 사실에 깜짝 놀랐습니다. 전혀 상상도 하지 못한 장소였습니다.

하얀색의 선명한 다섯 장의 꽃잎은 누가 보더라도 매화임을 확신하게 하지만, 물매화는 작은 꽃이어서 자세를 낮추지 않으면 볼 수 없었습니다. 줄기에 매달린 파란색 하트 모양의 잎은 보는 이에게 사랑을 전할 것 같은 앙증맞고 귀여운 모습이었습니다.

올해 나는 물매화를 보러 그곳을 세 번이나 찾았습니다. 처음 갔을 때는 태풍의 흔적 아래 작은 꽃망울을 달고 있는 꽃대만 몇 개 보였습니다. 일주일 후에 다시 갔으나, 꽃은 여전히 미소를 보이지 않았습니다. 세 번째 방문에서야 물매화는 백색의 화사한 미소를 드러냈습니다.

산과 들로 나갈 때면, 작은 야생화 도감을 손에 들고 나가지만, 실제로 꽃을 만나면 사진과 많이 달라 당혹스러울 때가 많습니다. 도감의 꽃들은 매크로 렌즈로 촬영되어 실제보다 훨씬 커 보이기 때문입니다. 물매화도 예외는 아니었습니다. 지름이 2cm 정도 되는 작은 꽃이지만, 아름다움은 그 크기와는 상관이 없었습니다. 물매화를 보기 위해 자세를 낮추고 눈을 맞추는 순간, 처음 사진에서 느꼈던 감동이 다시 살아났습니다. 작은 옥구슬을 꽃술마다 달아놓은 듯한 영롱한 모습에 눈길을 떼기 어려웠습니다. '작은 꽃, 큰 감동'이라고 표현해야 할까요?

아름다운 꽃을 제대로 감상하려면 먼저 자세를 낮추어야 한다는 것을 깨달았습니다. 그렇게 해야 작은 꽃도 보이고, 그곳에 담긴 아름다움도 느낄 수 있습니다. 우리 인생도 이와 비슷

합니다. 겸손히 자세를 낮추면, 신의 도움을 받을 수 있을 것이라 확신합니다. 올가을, 아름다운 물매화를 보면서 우리의 많은 집착을 버리고, 보다 산뜻한 마음으로 겨울을 맞이해보는 것은 어떨까요?

내 마음의 풍선, 봄맞이꽃

아들이 초등학교 시절, 종종 집으로 돌아오며 길가에 피어 있는 작은 들꽃을 하나씩 꺾어 오곤 했습니다. 아들은 그 꽃들을 식탁의 작은 유리컵에 담아 놓곤 했죠. 꽃을 좋아하는 아내는 그런 감수성이 풍부한 아들이 너무 고맙고 신통하다며 매우 귀여워했습니다. 그런 아들을 보며 저도 어릴 때의 제 모습을 떠올리곤 했습니다. 학교를 마치고 집으로 돌아오는 길에 예쁜 들꽃을 보면 한 움큼 꺾어서 거칠고 억센 억새의 긴 잎으로 예쁘게 묶어 어머니께 드리곤 했던 기억이 나기 때문입니다. 어느날 어머니가 늦게 들어오셔서 시든 꽃다발을 보시며 말씀하셨습니다. "다음부터는 꽃을 꺾어 오지 말아라. 그냥 들에서 피어있게 두렴" 하셨던 말씀이 떠올랐습니다. 꽃을 좋아하시던 어머니도 시든 들꽃을 들고 어쩌지 못하는 나의 모습을 측은하게 보셨던 것 같습니다.

어린 시절, 길이 나 있지 않은 들길을 걷다가 우연히 발에 밟힌 봄맞이꽃을 보고 깜짝 놀랐던 기억이 납니다. 아주 작은 들꽃이었는데, 꽃송이들이 모여 있어서 마치 하얀 눈이 쌓여 있는 안개꽃 같았습니다. 으깨지고 쓰러져 있는 작은 꽃들을 보며,

이들이 내는 신음이 들리는 듯해서 손으로 만져주고 쓰러진 꽃을 세워주었습니다. 자신을 밟은 나를 보고서 함박웃음 짓는 봄맞이꽃의 순수함에 괜히 부끄러워지곤 했습니다.

올해 봄은 조금 늦게 온 것 같습니다. 마치 버스정류장에서 오랫동안 버스를 기다리다가 지쳐 있을 때 갑자기 여러 대의 버스가 한꺼번에 나타난 것처럼, 꽃들이 피어야 할 시기를 놓치기라도 한 듯 서로 다투어 피어나는 통에 어떤 꽃부터 보아야 할지 두 눈은 행복한 비명을 지르고 있습니다. 오늘, 바람에 흩날리는 벚꽃이 좋아 하늘만 보고 걷다가 우연히 발밑을 보았습니다. 그러자 갑자기 내 마음이 어린 시절로 돌아갔습니다. 무심히 걷던 내 발에 언제 꽃을 피웠는지 모를 봄맞이꽃 무더기가 무참하게 밟혀 쓰러져 있었기 때문입니다.

아주 오래전에 그랬듯이, 그 꽃들을 조심스럽게 다시 세워주었습니다. 이미 줄기가 부러진 몇 개는 집으로 가져와서 식탁의 유리컵에 담아 놓았습니다. 저녁을 준비하던 아내는 기분이 확연히 좋아졌나 봅니다. 단지 줄기가 부러진 몇 송이 봄맞이꽃을 가져왔을 뿐인데 마치 초등학교 다니던 아들을 만나기라도 한 것처럼 말이죠.

내일은 서울에 사는 아들과 며느리가 온다고 합니다. 벌써 아들의 표정이 궁금해집니다. 작은 유리컵 안에 있는 봄맞이꽃을 보면서 아들도 아마 초등학교 시절의 행복했던 시간들을 떠올리겠지요. 이렇게 작은 봄맞이꽃의 화사한 미소로 인해 내 마음은 봄볕의 아지랑이를 타고 하늘 높이 가볍게 떠오릅니다. 진한 노란색의 작은 풍선처럼 말입니다. 이래서 봄은 아름답습니다.

이렇게 작은 꽃들의 화사한 미소와 단아한 향기로 인해서.

　벚꽃 비가 흐드러진 봄날, 봄꽃의 합창과 사랑하는 여인의 손
짓 같은 아지랑이를 만나보고 싶어 길을 나섰습니다. 그러다가
하얀 작은 꽃 무리를 만났습니다. 꽃이 너무도 아름다워 무작정
카메라를 들이댔습니다. 창피함도 잊은 채 '엎드려 쏴' 자세를
취했습니다. 처음엔 이름이 생각나지 않아 무척 속상했습니다.
우연히 길에서 마주친 고등학교 동창의 이름이 떠오르지 않아
가물거릴 때처럼 말입니다.

　그냥 우리나라 안개꽃인 줄 알았습니다. 이 꽃의 이름이 봄맞
이꽃인 것을 알고 얼마나 기뻤는지 모릅니다. "누가 이렇게 예
쁜 이름을 지어주었을까?" 너무 작아서 보기 어려운 이 꽃을 보
며 봄은 누구에게나 오는 것이 아니라는 것을 알게 되었습니다.
누군가는 그냥 스쳐 가는 봄이겠지만, 이 꽃을 발견했기에 올봄
은 그 어느 때보다 더 행복해지는 것 같습니다.

　저녁이 되어 아내와 함께 식탁에 앉아 봄맞이꽃을 바라보며
지난 추억을 나눕니다. 아내는 웃으며 "이 꽃이 이렇게 예뻤나?"
하고 감탄합니다. 봄맞이꽃을 보며 우리는 서로의 눈 속에 담긴
따뜻한 봄을 느낍니다. 봄은 그렇게 우리의 일상 속에 스며들어
작은 꽃 한 송이도 마음속에 깊은 울림을 줍니다. 이렇게, 봄맞
이꽃은 우리 가족의 추억과 사랑을 다시 피워내는 마법 같은 꽃
입니다.

내 사랑, 노루발 풀꽃

천년의 고찰, 개심사 뒷산을 걷다가 소나무 사이의 오솔길에서 하얀 노루발 풀꽃을 만났습니다. 그 순간, 당신의 화사한 모습이 떠올라서 작은 가슴이 두근거립니다. 살그머니 꽃 앞에 앉아 그 향기를 가슴 깊이 채우면, 당신의 신비로운 향내가 느껴져 자연스레 두 눈이 감깁니다. 몇 송이의 하얀 꽃이 여름 소나무 숲을 장식하는 모습은 당신을 닮았습니다. 당신을 그리워하는 내 마음이 소나무 향기를 닮은 이유를 이제야 알게 되었습니다.

오늘 숲길에 피어난 노루발 풀꽃은 그냥 꽃이 아니었습니다. 소나무 숲을 환하게 만든 등불이었습니다. 등불 앞에서 당신을 보았습니다. 앙증맞은 꽃송이들의 은은한 향기가 그윽해 나의 마음은 당신을 향해 날아갑니다. 하얀 노루발 풀꽃의 꽃잎이 소나무 숲을 수놓고, 은은한 향기에 끌린 곤충들의 사랑 노래와 함께 오래된 소나무와 상수리나무에서는 진한 피톤치드가 뿜어져 나왔습니다.

한 달 뒤, 상왕산 뒷산을 오르다가 등산로 옆에 하얀 꽃이 피어 있는 것을 보았습니다. 예년 같으면 벌써지고 있을 시기였지만, 올해는 늦게 꽃을 피웠습니다. 충청도 대부분 지역이 지독한 가뭄으로 몸살을 앓고 있어서인지 이곳 야산도 예외는 아니었습니다. 꽃이 있는 주변에는 아직도 꽃을 피우지 못하고 봉오리만 매달고 있는 것들이 여기저기 보였습니다. 아마 시원한 한 줄기 소나기라도 기다리는 듯 고개를 숙이고 있는 모습이 매우 애처로워 보였습니다. 하지만 굵은 소나무 옆에 피어 있는 꽃들은 싱그러웠습니다. 소나무들이 뿌리 근처에 간직해 놓았던 수분을 노루발 풀에게 나누어 주었나 봅니다.

대부분 꽃들이 태양을 향해 고개를 들고 있는 반면, 다소곳이 고개를 숙이고 청초한 모습으로 피어 있는 노루발 풀꽃을 보니 갑자기 아내 생각이 납니다. 카메라의 초점을 맞추기 전에 꽃의 향기를 느껴 보았습니다. 그리고 천천히 그 모습을 지켜보았습니다. 나는 확실히 팔불출인가 봅니다. 이런 아름다운 꽃과 은은한 향기를 만나면 아내가 먼저 생각납니다.

돌아오는 길에 마음이 무겁습니다. 양지바른 곳에서 비를 기다리는 노루발 풀의 모습이 너무 애처로웠습니다. 아마 이번 주 비가 내리지 않는다면 말라 죽을 것 같은 생각이 들었습니다. 만약 주말에도 비가 내리지 않는다면, 배낭에 물통을 여러 개 넣어서 방문할 계획입니다. 그래서 비를 기다리며 꽃을 피우지 못하는 노루발 풀에게 작은 물이라도 뿌려주고 올 계획입니다. 그러면 내년에 더욱 싱그러운 꽃을 볼 수 있을 테니까요.

내 사랑의 향기를 간직한 노루발 풀꽃, 오늘은 당신을 닮은 청초한 모습의 노루발 풀꽃을 카메라에 담을 수가 없었습니다.

아마 다음 주에는 싱그러운 모습을 담을 수 있겠지요. 깊어가는
여름, 이 무더위가 빨리 지나가길 기다려봅니다.

동심으로 이끄는 버들강아지

월요일 아침, 제법 많은 비가 내렸다. 누군가는 이 비를 겨울비라 했지만, 나는 군이 봄비라고 우겼다. 어제 논둑을 걷다 보니 눈이 녹은 양지에 봄까치 꽃이 벌써 열 송이나 피어 있었기 때문이다. 겨울이 깊어지면서 '봄이 과연 올까?' 걱정했던 내게 이 작은 꽃들은 분명 봄의 조짐을 알리는 신호였다. 추위가 더욱 기승을 부릴수록 봄은 우리 곁에 가까이 다가와 있다는 것을 알게 된다.

비를 맞으며 걸어 보았다. 어깨에 매크로 렌즈를 장착한 카메라를 메고 꽃을 담으러 나갔다. "대부분 식물들이 싹도 나지 않았는데 무슨 꽃이냐"며 의아해할 사람들이 많을 것이다. 그렇게 추운 겨울 날씨에, 비가 내리는 날 카메라를 들고 나서는 모습을 보고 '정신이 나간 사람 아닌가?' 싶었을지도 모른다. 그러나 겨울이라고 해서 꽃이 전혀 피지 않는 것은 아니다. 며칠 전, 봄까치 꽃이 꽃을 피운 것을 보면 알 수 있다. 차가운 바람 속에서도 양지바른 곳에는 이미 봄의 신호가 도착해 있다. 냉이꽃도 볼 수 있고, 개쑥갓도 파란 잎을 드러내며 꽃대를 올렸다. 며칠 있으면 풋풋한 흙 내음과 함께 작은 들꽃들의 소식이 힘차게 전해질 것이다.

오늘은 갯버들을 만나기 위해 길을 나섰다. 매년 가장 먼저 버들강아지 꽃을 피우는 삽교호 상류의 양지바른 곳을 찾아갔다. 그곳에는 매년 이맘때쯤, 강아지보다 더 부드러운 털을 가진 꽃을 만날 수 있었기 때문이다. 장화를 신고 간 것이 다행이었다. 이른 아침부터 내린 비로 인해 논길 위는 녹아있었지만, 바로 아래는 얼음이 그대로 있어서 매우 미끄럽고 땅이 질퍽거렸다.

버들강아지는 이미 꽃을 피우고 있었다. 이제 막 시작된 상태였다. 뒤늦게 핀 아이들은 마치 모자를 쓰고 있는 것처럼 겨울 동안 자신을 보호해 주었던 껍질을 머리에 이고 있었다. 비에 젖은 부드러운 털이 초라해 보이지 않고, 오히려 더욱 아름다웠다. 부드러운 털에 떨어진 빗방울은 마치 보석처럼 빛났고, 그 속에는 또 다른 세상이 담겨 있었다. 바람이 불어 보석 같은 물방울이 떨어지지 않았다면, 나는 마냥 아름다운 버들강아지 꽃과 보석 같은 물방울을 감상했을 것이다.

요즘에는 겨울에도 화원에서 많은 꽃을 볼 수 있다. 제주도에서는 아열대 식물들이 꽃을 피우기도 한다. 친구는 벌써 수선화 꽃 사진을 카톡으로 보내왔었다. 하지만 그런 꽃들은 특별한 감동을 주지 않는다. 우리의 가슴을 설레게 하는 것은 추운 날씨에 온몸으로 하얀 눈을 맞으며 피어나는 매화, 두꺼운 눈을 뚫고 올라와 피어나는 노루귀나 복수초와 같은 이른 봄꽃들이다. 그중에서도 버들강아지 꽃은 오랜 세월을 두고 사람들로 하여금 어린 시절의 추억을 되살릴 수 있는 사랑스러운 꽃이라 생각한다. 버들강아지 꽃은 개울에 두껍게 얼었던 눈이 녹으면서 물이 흐르는 소리에 맞춰 꽃을 피우는, 강한 추위를 견디며 가장 먼저 피어 봄소식을 전하는 꽃이기 때문이다.

어릴 적, 친구들과 버들가지를 꺾어 버들피리를 만들기 시합을 하던 기억이 난다. 누가 잘 만들고 멋진 소리를 내는지를 자랑하며 어깨를 으쓱거리던 기억이 난다. 지금도 물이 한창 올라 파란 색을 띤 버들가지를 보면 버들피리를 만들던 생각이 떠오른다.

버들피리를 만들기 위해서는 볼펜보다 약간 가느다란 가지를 적당한 크기로 잘라내고, 한 손으로 나뭇가지를 꼭 잡은 다음 다른 손으로 껍질을 살살 비틀어야 한다. 물기가 많은 시기에는 껍질과 가지가 쉽게 분리된다. 껍질을 조심스럽게 당기고 칼로 입으로 불 방향을 얇게 만들어 주면 버들피리가 완성된다. 당시 입이 큰 친구는 한입에 다섯 개를 동시에 불어 '하마'라는 별명을 얻기도 했다.

오늘은 김춘수 시인의 시구가 떠오른다. "내가 그의 이름을 불러주었을 때, 그는 내게로 와서 꽃이 되었다." 우리가 그냥 지나치면 길가에 피어 있는 들꽃과 얼음이 녹으면서 화사한 꽃을 피우는 버들강아지도 아무 의미가 없을 것이다. 그런 사람들에게는 봄이 오는 줄도 모르고 지나가는 의미 없는 시간일 뿐이다.

오늘 내린 비를 겨울비라 할 수도 있지만, 나는 봄비라고 우겼다. 그래서 막 피어나는 버들강아지를 만날 수 있었다. 사람들은 너무 바쁘다. 하지만 주변에 있는 꽃들의 아름다움은 신께서 우리에게 여유를 가지며 즐기라고 주신 값없는 선물이다. 봄이 오는 소리를 들으며 잠시 주변을 살펴보는 여유를 가지기를 바란다.

아직 서터를 눌렀던 손이 시린 것으로 보아 겨울이 모두 간 것은 아닌 듯하다. 며칠 후에는 자고있는 나무를 깨우는 꽃샘추위도 기다리고 있다. 추운 겨울이 조금 남아 있긴 하지만, 뿌리를 얼음 속에 담그고도 화사한 꽃을 피우는 버들강아지를 찾는 사람들처럼 가슴 설레는 마음으로 봄을 맞이하시길 기원한다.

오늘은 봄비치고는 제법 굵은 비로 인해 꽃을 촬영하기는 쉽지 않았지만, 풋풋한 봄내음을 맡고 귀여운 버들강아지를 만나 어린 시절을 추억할 수 있어서 정말 행복한 하루였다.

며느리밥풀꽃과 아내

매년 추석이 다가오면 우리는 어머님의 묘소를 찾는다. 차에서 내려, 가파른 산 능선을 20여 분씩 오르는 여정은 결코 쉽지 않다. 이곳은 예전에 어느 유명한 지관이 명당이라고 칭하던 곳이다. 그곳의 앞에 펼쳐진 전망이 좋다지만, 돌아가신 분들은 그곳에서 평화를 느끼실지 몰라도, 그곳을 방문하는 후손들은 매번 고난을 겪는다.

아내는 경사진 길을 잘 오르지 못한다. 길이라고는 거의 없고, 예전의 좁은 길은 잡목에 뒤덮여 길을 찾기 힘들다. 나는 앞서가며 낫으로 도토리나무와 싸리나무, 억새를 제거하며 뒤따라오는 아내가 부딪히지 않도록 조심하려 하지만, 비가 내려 물기를 머금은 비탈은 아무리 좋은 등산화라도 미끄럽기만 하다.

아내가 한참 오르다가 멈췄다. 가지런히 치우지 못한 싸리나무 잎 뒤에 숨어 있던 쐐기가 아내의 손등을 쏘았다. 여린 손등이 금방 빨갛게 부풀어 올랐다. 쏘여본 사람만이 알 수 있는 그 고통을 나는 이미 몇 번 겪어 보았기에 그 아픔을 잘 알고 있다. 준비해 간 물파스를 발라 주었지만, 얼굴에 남아 있는 고통과 불편한 표정이 안타까움을 더했다.

나는 속으로 눈치채지 못한 척했다. 이 능선을 오르며 아마도 오래전 신혼 초의 기억이 떠오르지 않았을까, 휘두르는 낫 앞에 분홍빛의 작은 들꽃이 있었다. 한 줄기 빛을 받아 붉은색이 선명하게 보였다. 그것은 며느리밥풀꽃이었다. 며느리밥풀꽃은 원래 양지바른 곳을 좋아하는데, 이곳의 떡갈나무 잎 사이로 간혹 스며든 빛 속에서 피어난 며느리밥풀꽃은, 올해 태풍이 세 번이나 지나간 어려운 시기에도 여전히 도발적인 자태를 뽐내고 있었다.

잠시 낫질을 멈추고 그 자리에서 자세를 낮추어 그 꽃을 들여다보았다. 꽃 속에서 하얀 밥풀이 선명하게 보이자, 나도 모르게 며느리밥풀꽃에 대한 전설이 떠올랐다. 전설에 의하면, 어느 날 며느리는 저녁밥을 짓던 중, 밥이 잘 되었는지 확인하기 위해 솥뚜껑을 열고 밥알 몇 개를 입에 물어보았다. 그 모습을 우연히 보고 온 홀시어머니는 며느리가 어른도 맛보기 전에 혼자 밥을 먹었다고 착각하여 몹시 화를 내며 부엌에서 불을 지필 때 사용하는 부지깽이로 며느리를 심하게 때렸고, 결국 그로 인해 며느리는 목숨을 잃었다고 한다. 억울하게 죽은 며느리의 무덤가에서 밥풀을 물고 있는 모습으로 피어난 꽃이 며느리밥풀꽃이라는 것이다.

그 시기에 먹을 것이 부족했던 것인지, 남편 대신 아들에게 쏟았던 사랑이 며느리에게 빼앗겨서 겉으로 드러난 것인지, 이유는 알 수 없지만, 당시 시어머니들도 젊었을 때는 누군가의 며느리였을 것이다. 그러나 전설 속에서 시어머니는 절대 권력자로 등장한다. 사실 옛날 며느리들은 시집살이가 매우 고된 삶이었다. 그런 며느리가 시간이 흐르고 시어머니가 되면, 그 당시에 더 엄격하게 며느리를 구박하는 경우가 많았다. 아내가 맞을 때, 그의 남편은 무엇을 하고 있었는지, 그저 방관했는지 답답하기만 하다. 물론 전설일 뿐이지만….

며느리밥풀꽃은 해가 잘 드는 산지의 숲 가장자리에서 자란다. 줄기는 곧게 서고 가지가 마주나며, 꽃은 7월에 피기 시작해 10월 중순까지 붉은색으로 피어나며, 높은 산에 오를수록 양지바른 곳에 자리 잡고 있다. 꽃의 모양은 약간 특이하여 마치 입술에 밥풀을 두 개 붙이고 있는 듯하다. 그래서 학자들이 며느리밥풀꽃이라고 이름 붙인 것 같다. 며느리밥풀꽃의 종류가 많아서 자세히 알기는 어렵다. 우리나라에 자생하는 며느리밥풀꽃은 총 8종이다. 나는 그저 며느리밥풀꽃 정도로만 알고 있다.

요즘에는 세상이 변해 시어머니들이 신교육을 받은 며느리들에게 구박을 받는 경우도 있다고 하니 아이러니한 일이다. 옛날 시어머니들이 며느리들에게 시집살이를 시키던 것처럼, 현대에는 시어머니들이 변화를 받아들이지 않으면 며느리들의 반격을 당할 수 있다. 몇 년 후에 뒷산의 며느리밥풀꽃이 시어머니밥풀꽃으로 이름이 바뀌는 일은 없기를 바란다.

천천히 올라오는 아내의 마음을 헤아려야 하는데, 못 본 척하는 나의 미지근한 성격이 싫다. 경사진 길의 미끄러움이나 쐐기에 쏘인 아픔 때문이 아닐 거라는 걸 알면서도 아내의 착잡한 마음을 모른 척하는 나의 모습이 어쩌면 옛날 시어머니에게 부지깽이로 맞았을 때의 남편과 겹쳐 보이는 것은 무슨 이유일까?

아내의 천천한 발걸음을 보니, 바로 앞에 밥알 두 개를 물고 있는 며느리밥풀꽃이 너무도 애처로워 가슴이 아파온다. 나는 낫을 거두고 발걸음을 돌려 아래로 내려간다. 아내의 작은 어깨를 토닥이며, 작은 목소리로 말을 건넨다. "홀시어머니에게 받았던 가슴 아픈 시간들이 모두 잊혀지도록 더욱 사랑해 줄게."

아내와 함께한 성못길은 과거의 상처와 화해하고 더 나은 내일을 위한 사랑의 여정이 되었답니다.

빈 논에 피는 꽃, 구와말

벼가 베어지고 난 빈 논에 작은 기적이 찾아옵니다. 농부들이 수확을 끝내고, 이제는 벼를 자르기 전의 바쁜 일상 속에서 빈 논에 피어나는 고운 꽃을 볼 수 있게 됩니다. 이 꽃은 농부의 눈에만 들어올 뿐, 그 크기와 위치 때문에 무심코 지나치기 쉬운 꽃입니다. 구와말이라는 이 작은 꽃은, 참으로 겸손하고 소박한 자태로 빈 논의 넓은 공간에 조용히 자리 잡고 있습니다.

올해 나는 야산 인근에서 수확이 끝난 논을 찾아 구와말을 만나고자 했습니다. 장화를 신고 카메라를 메고 논길을 걸어가는 내 모습에 수확을 마친 농부들은 호기심 가득한 눈으로 나를 바라보았습니다. 몇몇은 나에게 다가와서 구와말이 무엇인지 물어보았고, 그들의 눈에는 이 작고 소중한 꽃이 도무지 보이지 않았던 듯했습니다. 아마도 그들에게 이 꽃은 단순한 잡초일 뿐, 특별한 의미를 가진 존재가 아니었을 것입니다.

구와말은 현삼과에 속하는 여러해살이풀입니다. 연못이나 습지에서 자생하며, 그 크기는 겨우 10cm 정도로 매우 작습니다. 뿌리는 물속에 자리 잡고, 줄기와 잎, 꽃은 물 위에서 자라는 이 식물은 전체에 털이 나 있고, 잎은 마디마다 돌려나며 국화잎을 닮았습니다. 늦가을에 귀엽고 작은 홍자색 꽃을 피우며, 그 모습은 사랑스러움을 가득 담고 있습니다.

구와말을 만나기 위해 나는 같은 장소를 세 번이나 방문했습니다. 예전에 물매화를 찾아갔던 것처럼 구와말 역시 쉽게 만나기 어려운 꽃이었습니다. 첫 번째 방문에서는 너무 일찍 도착해 꽃망울만 보았고, 두 번째 방문에는 늦은 시간에 가서 꽃이 이미 지고 난 뒤였습니다. 결국, 따사로운 햇살이 비추는 정오 즈음에야 비로소 그 아름다운 미소를 마주할 수 있었습니다. 비록 날씨가 흐리면 꽃을 볼 수 없으니, 이 꽃을 만나는 것은 정말 행운이 따르는 일이라는 것을 깨달았습니다.

구와말이라는 이름은 생소하게 들릴 수 있습니다. 이 꽃은 가을의 끝자락에 벼를 베어낸 논에 피며, '사랑'이라는 꽃말을 가지고 있습니다. '구와'는 국화꽃의 옛 발음이고, '말'은 수중에서 자생하는 식물을 뜻한다고 식물학자들은 설명합니다. 따라서 구와말은 '국화를 닮은 물풀'이라는 의미가 됩니다. 그러나 실제로 구와말의 꽃은 국화와는 닮지 않았습니다. 잎 일부가 국화잎과 비슷하다는 이유로 이런 이름이 붙여졌다고 합니다. 비슷한 의미를 가진 꽃으로는 구와취와 구와쑥이 있습니다.

네덜란드 식물학자 블루메(Blume)가 발견한 이 꽃은 농부의 삶처럼 화려하지도, 눈에 띄게 아름답지도 않습니다. 농부들의 일상처럼 이 꽃도 많은 사람들에게는 관심을 받지 못합니다. 농부들이 아무 생각 없이 놓아둔 볏짚 아래에서 빛을 보지 못하는 것처럼, 구와말도 사람들에게 잊혀지기 쉽습니다.

그럼에도 불구하고, 나는 이 작은 꽃에 매료되었습니다. 논에 앉아 흙에 묻히며 사진을 찍는 내 모습은 구와말의 아름다움을 더 부각시키기 위해 자세를 낮추고 엎드리는 과정에서 더욱 의미를 찾게 됩니다. 농부들은 구와말을 보는 즐거움보다 내가 취하는 행동을 더 재미있어하는 것 같습니다.

벼를 베어낸 빈 논, 그 속에서 작고 귀여운 구와말이 조용히 피어나는 모습을 보며, 허수아비가 외롭지 않은 이유를 알게 됩니다. 구와말이 있는 이 논은 단순한 공간을 넘어, 소중한 아름다움을 간직한 곳이 됩니다. 빈 논에서 피어난 작은 꽃, 구와말은 우리의 일상 속에서도 작은 행복과 감동을 전해주는 특별한 존재입니다.

사랑의 봄날, 꽃다지

아침 햇살이 발코니 창을 두드리는 소리를 들으며 나는 카메라를 메고 주머니에 작은 비닐봉투를 넣은 채 집을 나섰다. 평소에는 차를 타고 꽃 구경하러 가곤했지만, 오늘은 가볍게 걸으며 산책을 즐기기로 했다. 봄에 돋아나는 새싹들은 꽃이 예쁠 뿐 아니라 대부분 나물로도 먹을 수 있어, 조금만 노력하면 봉투 가득 나물을 담아올 수 있기 때문이다.

오늘은 집 근처의 밭둑으로 향했다. 꼭 봄꽃을 만나지 않더라도 좋았다. 그저 따스한 햇볕과 살랑이는 봄바람, 그리고 새싹이 돋아나는 흙내음만으로도 충분히 행복했다. 밭둑에는 냉이가 지천으로 깔려 있었고, 가랑잎을 뚫고 올라온 달래가 발에 밟히면서 특유의 향기를 내뿜으며 자신의 존재를 알리고 있었다. 달래와 냉이를 캐기 시작했는데, 흙에서 갓 나온 냉이의 싱그러움이 너무나 매력적이었다. 그냥 된장국을 끓이지 않고도 먹어보고 싶을 정도였다.

열심히 냉이를 캐던 중, 새로운 꽃이 눈에 들어왔다. 연초록의 꽃다지였다. 소녀의 피부 같은 부드러운 솜털을 지닌 꽃다지는 지난겨울의 추위를 견디고 노란 꽃을 피워 봄의 합창을 부르고 있었다. 꽃다지의 향기에 이끌린 꽃등에 와 나비도 바쁘게 날아들었다.

오늘은 냉이를 한 봉투 가득 채우려고 했지만, 꽃다지를 보자 마음이 바뀌었다. 노란 입술로 노래하는 듯한 꽃다지를 촬영하기 시작했다. 밭둑에 가득 피어 있었지만, 작은 꽃이 바람에 흔들려 초점을 맞추기 어려웠다. 꽃다지는 새순도 꽃처럼 아름다웠다. 솜털이 뽀송뽀송한 모습이 얼마나 귀여운지 모른다.

어릴 때 어머니는 꽃다지를 캐오지 않으셨다. 그래서 나는 꽃다지가 먹을 수 없는 나물인 줄 알았다. 그러나 어머니는 아마도 냉이 주변에 있는 꽃다지가 일찍 꽃을 피우는 것을 보고 벌과 나비를 위한 배려로 남겨두셨던 것 같다. 하지만 나는 봄나물을 먹으면 한 해 건강하게 보낼 수 있다는 친구의 말에 귀가 솔깃해져 꽃다지를 캐어 비닐봉투에 담았다. 보약이라 생각하며 말이다.

집으로 돌아오니 아내는 내가 가져온 냉이로 된장국을 끓이고, 꽃다지는 나물로 무쳐 저녁 식탁에 올렸다. 나물을 좋아하는 나를 위해 들나물을 반찬으로 만드는 아내는 야산에서 달래를 캐와 된장국을 끓였던 지난주처럼, 이번 주에는 쑥과 미나리를 기대하고 있었다.

저녁 식사를 마친 후, 오늘 찍은 사진들을 정리하고 있는데 아내가 서재로 들어왔다. 컴퓨터 화면에 떠 있는 노란 꽃을 보며 무슨 꽃이냐고 물었다. "오늘 저녁에 먹은 꽃다지의 꽃이야." 라고 답하자 아내는 화를 냈다. "이렇게 예쁜 꽃을 캐오면 어떻게 해요!"라며 얼굴을 붉히는 아내를 보며 나는 어릴 적 어머니

의 마음을 다시 떠올렸다. 봄꽃을 즐기는 것은 여자들의 본성이
라는 것을 새삼 느끼게 된 하루였다. 오늘, 화를 내는 아내의 모
습이 더욱 사랑스러웠다.

산책로 친구, 까치수영

풋풋한 흙내음이 코끝을 스치는 한적한 산길, 함박웃음을 짓는 하얀 꽃. 푸르름과 새소리가 가슴속을 채우는 숲속의 이야기입니다. 물소리 흐름을 따라 맑은 새소리 들려주며, 사랑이라는 이름으로 기쁨에 사로잡힌 바람을 닮은 하얀 꽃. 오늘도 내 귓가에 소근거립니다. 내가 보고 싶을 땐 언제든지 오라고, 작은 소슬바람과 함께 숲속의 향긋한 이야기를 들려주겠노라고.

작은 꽃들의 함성, 까치수영. 새벽에 피었다가 아침에 지는 메꽃의 함성에 저절로 잠이 깨는 화창한 아침입니다. 며칠 동안 내린 비로 눅눅해진 세상이 따사로운 햇살을 맞이합니다. 아파트의 부지런한 아낙네들이 빨랫줄에 이불을 널기 시작했습니다. 나도 얇은 이불이 되어 그 빨랫줄에 널려 햇살을 받고 바람에 흔들리며 마음의 눅눅함을 말리고 싶다는 생각이 듭니다.

오늘 아침, 여러분은 어떤 꽃들을 만나셨나요? 장마가 시작되면서 그동안 비를 기다렸던 꽃들이 서로 다투듯 피어나며 함성을 지르고 있습니다. 늘 우리가 걷던 길가에는 개망초꽃이 온천지를 하얗게 만들어 놓았습니다. 오늘은 간단하게 카메라를 메고 아파트 뒷산을 올랐습니다. 풀들이 무성히 자라 등산로를 침범한 모습이었습니다. 길가에는 개암나무 열매가 익어가고, 덩굴꽃들이 서로 의지하며 하얗게 미소를 짓고 있었습니다.

며칠간 내린 비로 까치수영이 아주 아름답게 피어 있었습니다. 작은 별들이 모여 있는 듯, 하늘의 아기 천사들이 함께 모여 합창하는 듯한 모습이었습니다. 좁쌀알처럼 작은 꽃들이 모여 커다란 타래를 만드는 까치수영은 한꺼번에 서로 약속이라도 한 듯 여기저기에서 동시에 피어나고 있었습니다. 까치수영의 이름이 까치 목덜미의 흰 부분을 닮아 생겼다는 이야기도, 까치 수염이라는 이름도 있습니다. 이름은 정확하지 않지만 가까이 다가가 보면 꽃 속에서 무언가 나올 것 같은 착각에 빠지게 합니다. 귀를 가까이 대면 작은 노랫소리가 들리는 듯합니다.

갑자기 굵은 빗방울이 떨어지기 시작했습니다. 까치수영에서 꿀을 빨던 나비가 커다란 빗방울에 맞아 땅으로 떨어졌습니다. 순간 깜짝 놀랐습니다. 누군가에겐 꼭 필요한 빗방울이, 나비에게는 무서운 흉기가 될 수 있다는 것을 깨달았습니다. 다른 나비들은 위험을 무릅쓰고 열심히 꿀을 빨고 있었습니다. 비가 내리기는 했지만 싱싱한 까치 수영을 만난 기쁨과 나비들의 날갯짓에 카메라가 비에 젖는 것도 모르고 셔터를 눌렀습니다. 이럴 때 후회가 막심합니다. 작은 우산이라도 챙겨왔어야 했는데, 자책해봅니다. 꽃 위에서 나비가 꿀을 먹는 모습을 담으려 노력했지만, 내리는 비로 나비들이 바빠졌나 봅니다. 마음에 드는 장면을 카메라에 담지 못했지만, 가슴 속에 많이 담아왔으니 이것으로 만족해야겠습니다.

오늘 만난 까치수영을 자세히 보면 작은 꽃들이 잔뜩 모여 있습니다. 하나하나를 보면 그다지 예쁠 것 같지 않고 너무 작아 누군가의 시선도 끌지 못할 것 같습니다. 작은 꽃들을 보며 생각해 봅니다. 우리도 이런 까치수영 같은 모습이 아닐까? 사람들이 서로 따로 있으면 매우 고독하고 힘들지만, 모두가 힘을 합하고 마음을 모으면 이렇게 꽃처럼 아름다운 모습, 아름다운 세상이 될 것이라는 생각이 듭니다. 그래서 오늘 빗속에서 만난 까치수영은 그 어느 꽃보다 각별하고 아름다워 보였습니다.

숲속의 요정, 새우란

봄날, 앞산의 연초록 빛이 짙어지는 가운데 숲속의 신선한 공기를 한껏 들이마시며, 안면도의 낮은 산 계곡을 찾아갔습니다. 지난해 그곳에서 아기자기한 야생화들이 만개했던 기억이 가슴속에 살아나며, 설레는 마음으로 발걸음을 옮겼습니다. 요즘은 숲속에서 나무를 땔감으로 사용하는 일이 거의 없어지면서, 정리되지 않은 숲속으로 들어가면 울창한 나무와 덩굴이 엉켜 있어 야생화들을 만나기가 더욱 어려워졌습니다.

지난해 방문했던 새우란 군락지에 도착했을 때, 마치 나를 기다리고 있었던 듯, 그늘 아래서 화사하게 피어 있는 꽃들이 나를 반겨주었습니다. 그곳에서 꽃들은 천사들이 합창하는 듯한 모습으로, 봄의 기운을 가득 담아내며 계곡을 아름답게 물들였습니다. 올봄에는 이상한 날씨로 꽃들이 제때 피지 않기도 했지만, 새우란을 만나러 간 시점은 그야말로 적기였습니다. 탐스러운 꽃봉오리들이 장난스럽게 피어나는 모습과 함께, 계곡은 마치 요정들이 소풍을 나온 듯, 황홀한 풍경을 이루었습니다.

새우란의 이름은 뿌리가 새우처럼 굽어 있고 마디가 있어 붙여진 것이라고 합니다. 이를 확인하기 위해 새우란을 재배하는 분을 찾아가 분갈이를 할 때 그 뿌리를 살펴보았고, 조금은 닮아 있다는 생각이 들었습니다. 그러나 꽃을 유심히 살펴보니, 꽃의 모양도 새우의 등처럼 굽어 있는 것이 확인되었습니다. '새우란'이라는 이름의 한자어는 '하척란(蝦脊蘭)'으로, 새우의 등을 닮은 난이라는 뜻입니다. 이름은 조금 생소할 수 있지만, 숲속에서 도도하게 피어 있는 새우란은 서양란의 화려함과 한국 춘란의 고결함을 모두 간직하고 있어, 절제된 아름다움이 마치 숲속의 요정들과 함께 있는 듯한 감동을 주었습니다.

이 꽃의 학명은 'Calanthe'며, 이는 '아름다운 꽃'이라는 의미를 지니고 있습니다. 'Calanthe'는 '아름답다'라는 뜻의 'calos'와 꽃을 의미하는 'antos'의 합성어입니다. 이러한 학명과 한자 이름을 종합해보면, 새우란은 꽃과 뿌리 모두가 새우의 등을 닮은 아름다운 꽃으로 해석될 수 있습니다. 모든 꽃들이 아름답지만, 새우란에 붙여진 '아름다운 꽃'이라는 이름은 이 꽃이 숲에서 느끼는 감동을 과거 사람들도 공감했음을 보여주는 것 같습니다.

새우란을 바라보면서, "아마 이 꽃은 전생에 새우였는지도 모르겠다"는 생각이 들었습니다. 물속에서는 생존을 위해 어려움을 겪었고, 이 세상에서는 그 아름다움으로 인해 꽃을 좋아하는 많은 사람들에게 뽑혀 자신이 있던 곳에서 이탈해야 했습니다. 그리고 일부 욕심 많은 사진가들에게는 꽃대가 나오기 전부터 밟히는 등 모진 역경을 겪는 것을 보면서, 그를 카메라에 담는 나 자신도 착잡한 마음을 느끼지 않을 수 없었습니다.

서산 인근의 도서 지방과 바닷가 근처 숲에서는 새우란과 꽃바침이 녹색을 띤 녹화의 두 종류가 자생하고 있습니다. 황금색을 띠는 금새우란도 적은 개체로 바람이 불 때 나뭇가지 사이로 햇빛이 간간이 들어오는 숲속에서 아름다움을 뽐내고 있었습니다. 이러한 새우란은 큰 도로 옆의 숲이나 임도 옆에서는 볼 수 없으며, 정리되지 않은 길옆의 작은 나무를 헤치고 깊은 숲으로 들어가야 도도하게 피어 있는 새우란의 자태를 감상할 수 있습니다.

길가에 자생하는 것들은 많은 사람들이 이 꽃을 캐서 집 정원이나 화분에 심어놓고 감상하는 잘못된 행태로 인해 멸종위기에 처해 있습니다. 며칠 전, 대낮에 촬영한 꽃이 강한 빛으로 인해 다시 촬영하려고 몇 시간 전에 작업했던 곳을 갔었는데, 삽으로 몽땅 파 간 것을 보고 크게 당황했습니다. 흙이 채 마르지 않은 것을 보아 조금 전에 캐간 것으로 추측되었고, 이런 몰지각한 행동에 대해 매우 화가 났습니다.

새우란은 보통 4월 중순부터 5월 중순까지가 꽃이 만개하는 시기지만, 올해는 개화 시기가 조금 늦어 5월 중순부터 절정기를 맞고 있습니다. 이곳에서는 5월 말까지 새우란의 향기에 취할 수 있을 것 같습니다. 예전에는 남해안과 서해안 섬에서 자생하던 흔한 야생 난이었으나, 현재는 무분별한 채취로 인해 대부분 지역에서 아주 희귀한 존재가 되었습니다. 난 애호가들은 채취 후 다양한 배양 방법을 통해 번식하여 화분에 심어 재배하지만, 숲속의 커다란 나무 그늘 아래에서 온갖 역경을 견디고 피어나는 야생 꽃과는 절대 비교할 수 없습니다. 이 꽃은 추위에도 강해 전국 대부분 지역에서 월동할 수 있지만, 사람들이 쉽게 기를 수 있어 무분별한 채취가 이루어지고 있습니다.

며칠 전 서산의 한 장소에서 야생화 전시회가 있었습니다. 야생화를 기르는 분들이 각자의 애지중지하는 야생화들을 전시한 것이었고, 그중에는 새우란도 있었습니다. 예전부터 야생화 전시를 볼 때마다 부정적인 생각이 들곤 했지만, 이번에도 그 느낌은 변하지 않았습니다. 야생화가 있어야 할 곳은 우리의 정원이나 거실이 아니라, 깔끔하고 정갈한 바람이 불어오는 신록의 숲이어야 한다는 나의 오래된 고정관념 때문이리라 생각합니다.

장모님의 사랑, 사위질빵

일요일 오후, 상왕산 영탑사를 향해 오르는 길에서 나는 발걸음을 멈췄다. 나를 그곳으로 이끈 것은 들꽃의 은은한 향기였다. 그 향기는 자연스럽게 나를 그곳으로 이끌었고, 산 아래 골짜기를 타고 오르는 시원한 바람에 실려 온 향기는 어린 시절 내가 깊게 기억하는 바로 그 향기였다.

그 향기는 바로 '분'의 향기였다. 어머니는 평소 화장을 하지 않으셨지만, 내가 초등학교 입학식 때에는 오랫동안 거울 앞에 앉아 정성껏 화장을 하셨다. 그때 얼굴에 톡톡 바르시던, 매우 아끼시던 화장품이 바로 '분'이었다. 작은 가루가 날리던 그 향기를 나는 지금도 잊을 수 없다. 그 오래된 향기가 영탑사를 오르는 상왕산의 작은 계곡에서 다시 한번 나의 감각을 자극했다.

눈송이처럼 새하얗게 피어난 꽃, 바로 '사위질빵'이었다. 자동차를 타고 출근길에 길가에서 조금씩 피어 있는 것을 본 적이 있었지만, 이렇게 무더기로 피어 있는 것을 보는 것은 처음이었다. 계곡에서 불어오는 바람을 타고 마치 초등학교 입학식 때의 그 '분'의 향기가 진하게 나의 후각을 자극할 줄은 정말 몰랐다.

나는 환삼덩굴을 헤치며 가까이 다가갔다. 그리고 향기를 깊게 느껴 보았다. 그 향기는 너무도 좋았다. 바로 어머니의 향기이자 성숙한 여인의 향기였다. 그렇게 향기에 취해 있다가 꽃을 탐하는 벌에게 코끝을 쏘일 뻔했다. 그 벌도 나와 같은 생각이었을까? 어쩌면 단지 꿀을 찾아온 것일 뿐인데 나의 뜨거운 열기에 놀랐던 것 같다. 벌은 뒤도 안 돌아보고 멀리 날아가는 모습이 보통 놀란 모습이 아니었다.

우리 주변에서 자생하는 들꽃들의 이름은 참으로 재미있는 것이 많다. 오늘 만난 사위질빵도 사위를 사랑하는 장모의 마음이 담긴 서민적이고 정겨운 이름이 붙어 있었다. 전통적으로 며느리 사랑은 시아버지, 사위 사랑은 장모라 했다. 하지만 이 꽃의 이름에 담긴 이야기는 다소 다른 듯하다.

옛날에는 가을철 수확을 하며 바쁜 시기에, 농사를 짓는 집안에서는 사위가 처가의 농사일을 돕는 것이 당연시되었다. 그런 과정에서 사위도 지게에 볏짚을 지는 일이 흔했다. 그런데 장모는 사위를 아끼는 마음에서 짐을 조금만 지게 하라고 했고, 이미 지게에 얹어 놓은 짚단을 덜어 놓았다고 한다. 일꾼들은 이를 보고 "옆에 있는 풀의 줄기로 만든 질빵을 사용하면 짐이 끊어지지 않겠다"라고 이야기했다. 그 풀이 바로 현재의 '사위질빵'인 것이다. 장모의 사랑이 담긴 모습이었다.

다른 전설도 있다. 장모가 일부러 사위가 지는 지게의 질빵을 '사위질빵'이라는 풀의 줄기로 만들어 놓고, 무거운 짐을 지게 되면 쉽게 끊어지도록 하여 사위가 주변 사람들에게 망신을 당하도록 했다는 것이다. 이는 장모가 사위를 자수성가하게 하고자 하는 깊은 속마음의 표현이라고 한다. 겉보리 닷 말이면 처가살이하지 않는다고 했으니, 처가에서 고생하지 말고 자립하라는 장모의 사랑이 배어 있었다.

사위질빵의 유래가 어떻든 간에 이 들꽃에는 장모의 사위에 대한 깊은 사랑이 담겨 있다. 사위질빵의 줄기는 길고 높게 자라지만, 다른 식물의 줄기에 비해 약하다는 것을 쉽게 알 수 있다.

사위질빵은 무더운 여름날인 요즘, 낮은 산과 들에서 한창 피어나고 있다. 번식력이 좋아 척박한 조건의 땅에서도 잘 자라며 주변의 작은 나무를 타고 올라가 새하얗게 꽃을 피운다. 이 꽃은 특별히 화려하거나 아름다워 사람들의 시선을 끌지는 않지만, 독특한 향기를 지니고 있다. 함께 산을 오르던 사진작가조차 별로 관심을 가지지 않았던 이 꽃은 그 자체로는 흔한 들꽃일 뿐이다.

미나리아재빗과에 속하는 '사위질빵'은 한의학에서 '여위(女委)'라고 부른다. 어린 순은 이른 봄에 나물로 먹기도 하지만 독성이 있어 주의해야 한다. 또한, 중풍에 걸린 남편을 10년간 간병한 여인이 이 풀의 뿌리를 술에 담가 끓여서 남편에게 먹였다는 전설도 있지만, 이는 어디까지나 전설일 뿐이다. 현대에서는 체계적인 운동과 규칙적인 식생활이 보약보다 더 훌륭하다는 것이 상식이다.

슬쩍 사위질빵의 줄기를 당겨보았다. '툭' 하고 쉽게 끊어졌다. 줄기가 약하기 때문에 끊어지는 것이다. 만약 줄기가 질겨서 끊어지지 않고 뿌리까지 뽑혔다면 그 풀의 생애는 끝났을 것이다. 줄기가 끊어짐으로써 그 아래에서 다른 순이 올라와 꽃을 피우고 씨앗을 맺을 수 있는 것, 이것이 사위질빵이 오랫동안 번식할 수 있는 지혜가 아닐까 생각해 본다.

계곡에서 시원한 바람을 타고 올라오는 사위질빵의 은은한 꽃향기 속에서 별이 된 어머니를 추억하게 되어 반가웠다. 그리고 이 들풀에서 사위를 향한 장모의 깊은 사랑을 느낄 수 있어 정겨웠다. 한여름의 무더위 속에서 산과 들의 들꽃들을 만나고, 새하얀 사위질빵의 향기에 코끝을 가까이 대어 보자. 작은 들풀에서 어머니의 고고한 향기와 장모의 깊은 사랑을 느낄 수 있을 것이다.

진흙과 연꽃

여름이면 조용한 연못가에서 고고하게 피어나는 연꽃은 그 자체로 경이롭다. 그 맑은 향기와 순결한 자태는 누구라도 순간의 아름다움에 사로잡히게 한다. 하지만, 그러한 아름다움 뒤에는 보이지 않는 진흙의 힘이 숨어 있다. 진흙 속에서 뿌리를 내리고 그 어두운 품에서 영양을 얻어 성장하는 연꽃의 삶은, 마치 우리의 존재를 깊이 성찰하게 하는 거울과도 같다.

연꽃이 처음 씨앗에서 태어나 연못의 진흙 속으로 가라앉을 때, 그것은 빛이 닿지 않는 어둠 속에 자리 잡는다. 그곳에서 연꽃은 성장의 기초를 마련하며, 어두운 진흙 속에서 조용히 자신만의 길을 찾아간다. 시간이 흐르면서, 강인하게 자란 연꽃은 수면 위로 우아하게 꽃을 피우며, 그 투쟁의 결과로 깨끗한 물 위에서 우아한 꽃을 펼친다.

이 과정은 단순한 자연의 순환을 넘어서 우리 인간에게도 깊은 메시지를 전달한다. 우리 삶에서도 때때로 우리는 진흙과 같은 어려움과 도전에 직면한다. 이러한 시련 속에서도, 포기하지 않고 자신의 뿌리를 깊이 내리며, 꿋꿋이 그 시간을 견뎌내는 것이야말로 진정한 성장의 길이다. 진흙은 결국 연꽃에게 생명을 주는 자양분이 된다.

연꽃은 진흙 속에서 인내와 희망을 품고, 언젠가는 꽃을 피울 날을 꿈꾸며, 그 모든 어려움을 이겨낸다. 우리 역시 마찬가지로, 현실의 어려움 속에서도 미래를 향한 희망을 잃지 않고 전진한다면, 결국은 성취와 성공을 이룰 수 있으며, 그 과정 속에서 더욱 단단해지고 성숙해질 수 있다.

연꽃이 자신을 지탱해 주는 진흙을 잊지 않듯이, 우리도 우리를 도와준 모든 인연과 환경에 대해 감사의 마음을 가져야 한다. 때론 역경조차도 우리의 성장을 위한 중요한 발판이 되어, 우리가 어떻게 그것을 받아들이고 극복하느냐에 따라 우리의 내면이 더욱 깊고 풍부해질 수 있다.

연꽃의 삶은 또한 우리에게 다른 이들에게 희망과 영감을 줄 수 있는 존재가 되어야 한다는 것을 상기시킨다. 우리 자신이 겪은 어려움과 그 속에서 꽃피운 아름다움을 통해, 다른 사람들에게 긍정의 힘을 전달할 수 있다. 연꽃처럼, 우리 모두가 자신의 삶 속에서 어떤 역경 속에서도 굴하지 않고, 최종적으로는 아름답게 피어나길 바란다.

연못가의 그 연꽃을 다시 바라보며, 그 속에 담긴 수많은 싸움과 인내를 생각하면, 그 아름다움이 더욱 경이롭고 고귀하게 다가온다. 우리의 삶 또한 그렇게, 때로는 보이지 않는 고통과 싸움 속에서 꿋꿋이 자신만의 길을 가며, 결국에는 모두가 감탄하는 아름다움을 피워낼 수 있기를 바란다. 연꽃과 진흙 속에서 얻는 교훈처럼, 우리 모두가 그렇게 삶 속에서 진정한 아름다움을 발견하고 꽃피울 수 있기를 희망한다.

천사의 미소, 노루귀꽃

아파트 발코니에서 화분을 정리하던 아내가 갑자기 놀란 목소리로 나를 불렀습니다.

"여보! 이리 와 보세요. 히야신스가 꽃을 피웠어요." 아내의 말에 이끌려 발코니로 나가보니 며칠 전 아내의 생일선물로 사다 준 히야신스가 하얗게 꽃을 피우고 진한 향기를 내뿜고 있었습니다. 나는 아내의 부산함과는 달리 발코니의 넓은 창을 열고 밖을 내다보았습니다. 창밖에는 봄비치고는 매우 굵은 비가 주룩주룩 내리고 있었습니다. 바람도 봄바람치고는 매우 세차게 불어서 아파트 앞에 있는 커다란 메타세쿼이아의 가지가 활처럼 휘어지며 윙윙 소리를 내고 있었습니다.

"이렇게 봄바람이 심하게 부는 것은 아직 겨울잠에서 깨어나지 않은 나무를 깨우는 것이라네요." 무심히 창밖을 내다보고 있는 나를 향해 아내가 한마디를 덧붙입니다. 아마 이 말은 지난해 이렇게 바람이 심하게 불던 어느 날 내가 아내에게 해준 말일 텐데, 이번에는 아내가 나에게 자연의 이치를 알려줍니다.

나는 아내와 달리 이렇게 봄비가 내리면 얼른 서재로 들어가서 촬영 장비를 챙깁니다. 비가 온 다음 날에는 하늘이 맑아서 봄꽃을 찍기가 좋기 때문이지요. 꽃잎에 남아 있는 영롱한 빗방울이 보석처럼 반짝이는 아름다움을 볼 수 있고, 혹시라도 운이 좋으면 계곡의 기온이 낮아 비가 눈으로 변해 하얀 봄눈 속에서 피어나는 봄꽃의 특별한 모습을 만날 수 있을 거라는 기대가 크기 때문입니다. 아마 나는 봄을 타는 남자라서 그런지도 모르겠습니다.

밤이 되자 거짓말처럼 봄눈이 내렸습니다. 눈이 내린다 해도 사월에 내리는 눈은 땅에 오래 머물지 않고 아침이 되어 햇빛이 비치는 순간 바로 녹아내리곤 하지요. 아침이 되기를 기다렸습니다. 모처럼 눈 속에 피어 있는 복수초도 만나고 깜찍하고 앙증스러운 노루귀꽃도 만날 수 있을 것이라는 기대감에 괜히 기분이 좋아 잠이 오지 않았습니다.

화장하느라 시간이 걸리는 아내를 채근해 부지런히 내 로시난테를 몰고 주변 야산으로 달렸습니다. 집 근처에는 눈이 다 녹아서 흔적도 없었지만, 아파트에서 내다본 앞산의 능선에는 온통 하얀색으로 변해 있었기에 눈 속에서 피어난 꽃을 볼 수 있을 것이라는 확신이 섰습니다. 욕심이었나 봅니다. 서둘러 도착한 곳에는 이미 햇살이 따스하게 들어서인지 한 송이의 눈도 찾아볼 수 없었습니다. 하지만 연보라색 꽃잎에 맺혀 있는 보석 같은 빗방울이 햇빛을 받아 영롱하게 빛나고 있었고 어린 소녀의 살갗에 돋아 있는 것 같은 아주 작은 솜털이 뽀송뽀송하게 솟아있는 노루귀꽃이 그 어느 때보다 아름답게 피어 있었습니다.

바람이 꽃향기를 실어 왔습니다. 바람 끝에는 표현하기 어려운 봄꽃 향기가 듬뿍 담겨 있었습니다. 고개를 돌리니 또 바람이 달라지네요. 볼에 느끼는 향긋한 봄바람은 미세한 신경을 가진 사람만이 느낄 수 있는 것일까요? 이맘때에는 봄을 타는 나 같은 사람이 아니더라도 눈을 통해서 느끼던 계절의 변화를 피부로 자연스럽게 감지하게 될 것 같습니다.

조금 욕심을 내었습니다. 앞에 보인 산에는 그늘이 져서 혹시 눈이 아직 녹지 않았을 것 같은 예감이 들었습니다. 또다시 앞산을 향해 달렸습니다. 앞산 계곡에는 어제 내린 눈이 그대로 있었습니다. 등산화 위까지 올라올 정도로 눈이 쌓여 있었지만, 열심히 부드러운 눈을 밟으며 계곡을 따라 산을 올랐습니다. 그 계곡은 이제 햇살이 막 비추기 시작해서인지 어젯밤 내린 눈이 그대로 있었고 '뽀드득' 하고 눈 밟히는 소리만이 우리 부부가 아주 가까운 곳에 있다는 것을 알 수 있었습니다.

갑자기 뒤따라오던 아내가 "여보! 이것 좀 보아요. 누가 꽃을 따서 눈 위에 뿌려 놓았어요."라며 소리를 질렀습니다. 아내가 서 있는 곳을 보니 절로 탄성이 나왔습니다. 그곳에는 두꺼운 눈을 뚫고 올라온 노루귀꽃이 함박 미소를 머금고 여기저기 피어 있었습니다. 어린아이 손톱만한 작은 꽃송이들이 무거운 봄눈을 뚫고 올라와서 천진난만한 소녀처럼 하얀 눈 위에서 살그머니 고개를 쳐들어 나를 유심히 바라보았습니다. 마치 비밀스러운 이야기라도 나누려는 듯이….

아내는 이렇게 눈 위에 피어 있는 야생화를 오늘 처음 본 듯했습니다. 흰색과 연보랏빛 노루귀꽃이 작은 바람에 이리저리 고갯짓하는 모습을 보며 꽃에 취한 듯 보였습니다. 조금 전 "눈이 이렇게 많은데 무슨 꽃이 피어 있겠어. 그냥 돌아가지"라며 후회스럽게 했던 표정은 전혀 찾아볼 수 없고 마치 궁금증이 가득한 소녀의 모습이 되어 있었습니다.

오래전, 부드러운 것이 굳은 것을 이긴다는 이야기를 들었습니다. 오늘, 노루귀꽃을 보며 바로 그 말을 실감할 수 있었습니다. 도대체 그 어떤 힘이 있어 이렇게 가느다란 줄기로 얼어붙은 땅과 무거운 봄눈을 비집고 올라와 이처럼 아름다운 빛으로 우리를 반겨주었을까? 이런저런 생각을 하다가 문득 어깨에 카메라를 메고 있다는 것을 깨달았습니다. 하지만 얼른 카메라를 꽃술에 갖다 대지는 못했습니다. 하얀 눈 위에 피어 있는 노루귀꽃이 너무도 청초해서 마치 세상의 것이 아니라는 생각이 들었기 때문입니다. 어쩌면 천사들이 바쁠 때 대신 이런 꽃들을 세상에 보낸 것일지도 모른다는 생각이 들었습니다.

노루귀꽃의 이름은 잎의 모양새에서 유래했다고 합니다. 가느다란 솜털로 싸여있는 잎이 마치 노루의 귀여운 귀를 닮았다 해서 붙여진 이름이라고 합니다. 여러 봄꽃들의 공통적인 특징이 가느다란 꽃대를 먼저 올려 꽃을 피우고 나중에 잎이 돋아납니다. 이런 이유로 노루의 귀를 닮은 귀여운 잎을 보려면 꽃이 핀 후 보름 정도 기다려야 합니다.

저는 오늘 노루귀꽃을 봤지만, 잎을 보지는 못했습니다. 다행히 가끔 산에서 만나곤 하는, 꽃을 누구보다도 사랑하는 분이 노루귀꽃의 잎을 찍어서 보내주었습니다. 꽃이 좋아서 잔설이 있을 때부터 야산에 봄꽃을 찾아다니는 열정이 많은 분이지요. 덕분에 그분이 보내준 노루귀꽃의 잎을 보여드릴 수 있어서 행복합니다.

오늘, 두꺼운 눈을 뚫고 올라온 아름답고 앙증스러운 노루귀 꽃을 카메라에 담으면서 우리가 맞는 하루하루가 축복이고 그 자체가 선물 꾸러미라는 생각을 했습니다. 이렇게 아름다운 야산에서 계절마다 얼굴이 변하는 사계절을 맞는 것은 더욱 큰 축복이고 행복이라고 생각합니다.

혹시 이번 주말에 산에 가기로 계획되어 있는 분들은 산행하실 때 발밑을 잘 보고 걸으시기 바랍니다. 어제 내린 비로 부드러운 땅을 뚫고 올라온 새싹들이 많을 것 같으니까요.

청초함 가득한 탱자꽃

출장 가는 길, 대나무 숲을 배경으로 하얗게 피어 있는 탱자꽃의 신비로움은 쉽게 잊히지 않았습니다. 어두운 배경 속에서 더욱 돋보이는 흰 꽃은 내내 눈앞에 어른거렸습니다. 출장 내내 탱자꽃의 모습이 떠올라, 다음 날 아침 일찍 카메라를 메고 다시 그곳을 찾았습니다.

탱자나무는 온몸에 날카로운 가시를 촘촘히 세우고 있었지만, 그사이에 피어난 하얀 꽃에는 이미 나비와 꿀벌이 찾아와 있었습니다. 가시들 속에서 피어난 꽃의 아름다움에 한동안 넋을 잃고 바라보았습니다. 마치 사랑하는 연인을 만난 듯, 어제 그토록 보고 싶었던 꽃들을 가까이서 마주하니 가슴이 먹먹해졌습니다.

해가 떠오르자 햇빛에 반짝이는 꽃잎은 너무 얇아 마치 소녀의 손등처럼 파란 동맥이 보일 듯 투명했습니다. 너무도 아름다워 가까이 다가갔습니다. 얇고 하얀 꽃잎은 환상적이기까지 했습니다. 하지만 그만 가시에 찔리고 말았습니다. 더 가까이에서 깔끔하게 담아 보려고 카메라를 들이대다가 날카로운 가시에 찔린 것이었습니다. 그 순간 깨달았습니다. 아름다움은 어느 정도 거리를 유지하며 감상해야 한다는 것을.

지난해 가을, 아내가 탱자 열매를 한 자루 따왔습니다. 그것
으로 즙을 내어 마시면 여름에 땀을 덜 흘린다며 정성스럽게 준
비해 냉장고에 넣어 두었습니다. 더위가 일찍 찾아온 지난 주
말, 운동을 나갈 때 아내는 작은 보온 물통에 담아 챙겨주었습
니다. 운동 중 잠시 쉬는 시간에 동반자들과 한 컵씩 나누어 마
셨습니다. 탱자 열매의 효과인지 아내의 정성 때문인지 모르겠
지만, 그날은 정말 거의 땀을 흘리지 않았습니다.

오늘 문득 생각이 났습니다. 지난가을 아름답게 익었던 노란
열매를 보호하려고, 그리고 그런 열매를 맺기 위한 여린 꽃을
보호하려고, 날카롭고 커다란 가시를 줄기에 촘촘히 세우고 있
었던 것을.

오래전 처가인 강화에 다녀오는 길에, 강화 초입의 갑곶돈대
에서 본 탱자나무도 생각났습니다. 그때는 노란 열매가 주렁주
렁 달려 있었습니다. 천연기념물 78호로 보호받고 있는 나무라
열매를 따면 안 될 것 같아 땅에 떨어진 탱자 몇 개를 주워 차에
넣어 두었는데, 향긋한 냄새가 한 달 동안 차 안에 가득했습니
다. 그때 "이 꽃이 피면 향기가 참 좋겠네. 과연 어떤 꽃이 필
까?" 하고 궁금했던 것이 올해 봄에야 풀렸습니다.

유배지에서 죄인의 탈출을 막기 위해, 가정에서는 도둑을 막
아내기 위해 지금의 철조망처럼 사용했던 탱자나무 울타리의
날카로운 가시가, 그 어느 꽃보다 여린 자신의 꽃과 열매를 보
호하려는 의미였던 것을 알게 되었습니다.

내 손을 찌른 가시를 조심스럽게 떼어냈습니다. 그리고 침을

발라 콧등에 붙여 보았습니다. 또 다른 가시 하나를 떼어내 이마에 붙여 보았습니다. 어린 시절, 가시나무의 날카로운 가시를 떼어내 얼굴에 여러 개 붙이고 친구들과 장난하며 놀던 추억이 떠올랐기 때문입니다. 다행히 지나가는 사람이 없어서 망정이지, 누가 보았다면 이상한 사람으로 보였을지도 모릅니다.

봄바람이 심하게 불었습니다. 벌은 날아가고 꽃잎은 흔들렸습니다. 바람에 여린 꽃잎이 자기의 날카로운 가시에 찔렸습니다. 이렇게 가냘픈 꽃잎은 상처를 입었지만, 가을에는 황금빛의 탐스러운 열매를 맺을 수 있을 것입니다.

나의 마음은 방금 가시에 찔린 상처로 인해 약간 쓰라림이 남아 있지만, 산뜻한 봄바람을 타고 저 멀리 친구를 향하고 있습니다. 가시를 얼굴에 붙이고 도깨비 놀이를 하던 친구를 추억할 수 있어서, 너무도 기분이 좋은 아침입니다. 청초함을 간직한 아름다운 탱자꽃으로 인해.

파스텔 톤의 미, 현호색

어젯밤, 모처럼 몸살기가 있어서 일찍 잠자리에 들었습니다. 며칠 동안 나이를 잊고 이곳저곳으로 새벽부터 꽃을 찾아 나닌 것이 문제였습니다. 한 번 이렇게 몸살이 오면 며칠 동안 거의 반죽음이 된 후에 깨어나곤 했는데 어제저녁 아내가 끓여준 쑥국이 효험이 있었는지 아침 일찍 개운하게 자리에서 일어났습니다. 늘 그랬듯이, 지난 저녁 쑥국을 끓여준 아내의 정성에 '고마워'라는 말을 건네 봅니다. 아마도 이런 것을 사랑이라고 하는 건지 아직도 잘 모르겠습니다.

아내와 함께 서산의 도비산을 올랐습니다. 도비산은 높이가 352m로 나지막하고 정상에서 바라보면 시원한 서해 바다와 드넓은 간척지를 한눈에 볼 수 있어서 가슴이 답답하거나 풀리지 않는 문제가 있을 때 가끔 올라가는 곳입니다. 특히 이 산에는 산사의 여유로움과 평화로움을 한꺼번에 느낄 수 있는 '부석사'라는 작은 절집과 천수만이 한눈에 내려다보이는 '동사'라는 작은 암자가 있습니다. 오늘은 부석사 주변에 있는 예쁜 봄꽃을 볼 생각으로 가볍게 산을 올랐습니다.

부석사 입구에서 가장 먼저 만난 꽃은 보랏빛 파스텔톤의 현호색이었습니다. 이 꽃을 처음 만난 곳은 30여 년 전, 결혼하고 처음 가본 강화의 전등사 뒤란이었습니다. 여러 가지 꽃이 피어 있었는데, 저는 이 꽃을 그때 처음 보았습니다. 너무 신기하게 생겨서 아내에게 꽃의 이름을 물어보려고 했는데, 나보다 더 꽃을 좋아하는 아내는 벌써 양지바른 쪽에 흐드러지게 피어 있는 하얀 목련꽃에 취해 있기에 그 순간을 방해하고 싶지 않아 궁금증을 참고 기다렸습니다. 그러다 결국 그 이름을 지금까지도 몰랐습니다.

오늘 아내와 도비산 부석사의 석탑 주변에 피어 있는 낯익은 꽃무리를 발견하고 아내에게 그 이름을 물었더니 '현호색'이라고 알려 주었습니다. 예전에 전등사 뒤란에서 본 그 꽃의 이름을 이제야 알게 되어 무척 기뻤습니다. 이름을 알기 전에도 사찰 주변에서 항상 볼 수 있었던 꽃인데 그 꽃이 '현호색'이었다니, 마음이 한없이 기쁘면서도 한편으로는 궁금증이 생겼습니다.

'현호색?' 여러 가지 색은 알고 있지만, 현호색은 어떤 빛깔일까 궁금했습니다. 아내에게 계속 물어보는 것이 쑥스러워 괜스레 옆에서 야생화를 진지하게 담고 있는 어느 여인에게 슬쩍 물어보았습니다. 그러나 그 여인은 나의 질문을 이해하지 못하고 오히려 '이 꽃이 현호색입니다'라고 하며 손가락으로 바로 앞의 하늘빛 현호색을 가리켰습니다. 나의 궁금증은 모처럼 군 동기들 모임에서 약재상을 하는 친구의 설명을 듣고 나서야 풀렸습니다. 현호색은 빛깔과는 무관한 약재의 이름이라고 합니다. 소화제로 마시는 활명수의 주성분이 바로 '현호색'이라고 하더군요.

현호색의 학명은 'Corydalis'인데 우리말로 종달새라는 뜻입니다. 그래서인지 가까이 다가가서 보면 보리밭 위에서 노래하는 종달새를 닮은 것 같기도 하고, 숲속에서 계곡물이 흘러가는 아름다운 소리를 내는 울새의 부리를 닮은 것 같기도 합니다. 들꽃에게 가까이 다가가면서 특유의 향기와 색이 너무 좋았습니다. 눈을 맞추고 이름을 불러주는 것만으로도 들꽃들은 화사하고 소박한 미소를 보여주었습니다.

　현호색은 유난히 종류가 많아서 일일이 구별하여 이름을 외우기가 쉽지 않습니다. 하지만 굳이 그것들을 구분하지 못한다고 속상해하지는 않습니다. 자세한 것은 식물학자들의 몫이고 우리는 그들의 미소에 가볍게 눈인사를 하며 함께 웃어주기만 하면 들꽃들은 자신이 가지고 있는 아름다운 향기를 아낌없이 우리들에게 나눠줄 것이니까요.

흔들리면 어뗘리, 바람꽃

이른 새벽, 아직 잠에서 깨지 않은 세상을 지나 길을 나섰습니다. 지난해, 꽃이 시들어 버린 바람꽃을 보고 실망했던 기억이 새록새록 떠올라, 올해에는 꽃 소식이 들려오는 시기에 맞춰 부지런을 떨기로 결심했습니다. 그래서 꽃을 사랑하는 친구들과 함께, 봄의 첫 소식을 따라 떠나는 길에 오른 것입니다.

달리는 자동차 안에서 미리 준비한 차를 마시며 오늘 만날 바람꽃에 대한 기대감으로 마음이 설레었습니다. 서산의 바람꽃은 두 가지 종류가 자생하고 있지만, 그 어떤 지방의 바람꽃보다도 나에게 애착이 갑니다. 멀리 남쪽으로 떠나거나 경기도의 높은 산 계곡으로 가는 친구들이 있지만, 나는 서산에서 조금만 부지런하다면 멀지 않은 곳에서 아름다운 바람꽃을 만날 수 있어 늘 가슴이 뛰곤 합니다.

차령산맥과 동떨어진 서산의 도비산은 이른 봄에 해맑은 미소를 지닌 다양한 야생화들이 꽃을 피우는 곳입니다. 종달새들의 노래와 함께 현호색, 산자고, 제비꽃들이 이곳을 찾는 등산객들에게 즐거움을 선사합니다. 오늘은 그중에서 바람꽃을 만나기 위해 부석사 근처로 길을 재촉했습니다. 아침 햇살이 부드럽게 내려앉는 산기슭에서 바람꽃을 만나는 것이 그리운 날이 었습니다.

부석사를 오르는 길에서, 장끼가 까투리를 부르는 소리가 들렸습니다. 지금은 수꿩의 깃털이 가장 아름다운 시기라고 합니다. 그러나 그 아름다움 때문에 사냥꾼에게 많은 희생을 당해 개체 수가 줄어들었고, 살아남은 수꿩은 10여 마리의 암컷을 데리고 다니는 행운을 독차지하고 있습니다.

바로 그 수꿩이 많은 까투리를 거느리고 지나간 자리에 꿩의 바람꽃이 흐드러지게 피어 있었습니다. 햇살이 나뭇가지 사이로 비집고 들어오면 꿩의바람꽃은 고개를 치켜들고 마치 수꿩이 암꿩을 부르듯 도도하게 자태를 뽐내고 있었습니다. 근처에는 마치 수줍은 색시처럼 고개를 다소곳이 숙인 들바람꽃이 아침 햇살에 살짝 흔들리며 아름다움을 애써 감추고 있었습니다. 들바람꽃은 사람을 보면 모습을 감추는 들꿩의 소심스러운 습성을 닮아 고개를 숙이고 있었습니다.

이른 봄에 피어나는 바람꽃은 키가 매우 작습니다. 그래서 자세를 낮추어야만 꽃의 세밀한 아름다움을 제대로 볼 수 있습니다. 바람꽃 앞에 쪼그려 앉아, "바람꽃!" 하고 나지막하게 사랑스럽게 불러보았습니다. 산기슭을 타고 올라온 골바람에 떨고 있는 어린아이 손톱만한 꽃송이는 오늘따라 더욱 흔들리고 있었습니다. 그 흔들림이 계곡에서 불어오는 작은 바람 때문인지, 숨 가쁘게 올라온 나의 거친 호흡 때문인지 모르겠지만, 나는 그저 꽃의 아름다움에 반해 바라만 보고 있었습니다.

카메라에 담고 싶었지만 바람 때문에 잠시 기다려야 했습니다. 기다리면서, 오래전 읽었던 그리스 신화 속의 바람꽃에 담긴 전설이 떠올랐습니다. 봄과 꽃의 여신 클로리스의 시녀이며 님프인 아네모네(Anemone)에게 첫눈에 반해버린 서풍의 신 제피로스(클로리스의 남편)는 아네모네에게 접근하여 사랑에 빠지게 됩니다. 그러나 클로리스에게 발각된 그들의 사랑은 오래가지 못하고, 아네모네는 제피로스가 여신의 남편인 줄 모르고 용서를 구하지만, 클로리스는 그녀를 먼 곳으로 추방해 버립니다.

제피로스는 추운 날씨와 배고픔 속에서도 아네모네를 찾아다니다가, 사냥꾼의 빈 오두막으로 숨어들어 다시 밀회를 즐기게 됩니다. 하지만 클로리스는 다시 그들의 잘못된 사랑을 발각하고, 분노한 여신은 아네모네를 작은 바람에도 흔들리는 꽃으로 만들어 버립니다. 그때부터 아네모네는 바람의 신이 그녀의 얼굴을 만지려 할 때마다 거부의 몸짓으로 고개를 살랑살랑 흔들게 되었다고 전해집니다.

야생화를 찾기 시작한 것은 불과 몇 년 전의 일입니다. 그러나 바람꽃에 대한 이야기는 오래전부터 들어왔습니다. 봄이 되면 꽃을 좋아하는 친구들이 먼 길을 마다치 않고 바람꽃을 찾아 나서는 모습을 보아왔기 때문입니다. 긴 겨울이 지나고 봄이 오면, 남쪽 지방에서 꽃소식이 들리는 것처럼, 사람들은 바람꽃을 찾아 떠나는 것이 꽃을 사랑하는 기본 심리인 것 같습니다.

바람꽃은 아주 작습니다. 어떤 꽃들은 눈 속에 애처롭게 서 있었고, 어떤 꽃들은 계곡의 얼음이 녹아 흐르는 물가에 자리하고 있었습니다. 삼 년 전 초봄, 잔설이 남아 있을 때 바람꽃을 처음 만났고, 그 이름의 의미가 궁금했습니다. 후에 알게 된 것은 서양 이름을 그대로 풀어쓴 것이라는 것입니다. 아네모네가 '바람'을 뜻하니, 바람꽃도 그것을 풀어쓴 것 같다는 생각이 듭니다. 설악산의 솜다리꽃이 에델바이스로 불려온 것도 비슷한 이치일 것입니다.

　나는 어느새 제피로스가 되어 바람꽃과 사랑에 빠졌습니다. 매년 봄 이맘때면 바람꽃이 피어나는 낮은 산 계곡에서 꽃을 찾아 헤매게 될 것입니다. 마치 첫사랑을 잊지 못해 가슴 아파하는 사내처럼, 꽃들이 들려주는 향기롭고 아름다운 이야기에 깊이 빠져볼 계획입니다. 아름다운 꽃과 눈 맞춤하는 그 시간은 언제나 나를 꿈길로 이끌기 때문입니다.

제2부

새의 미소, 꽃의 노래

85mm 여친 렌즈

나에게도 여자 친구가 생겼다. 주말에 고향 친구를 만나러 가던 경춘선 열차 안에서였다. 고등학교 때 단테의 신곡에서 만났던 베아트리체처럼 파란 하늘을 가득 담은 맑은 눈동자는 고향의 호숫가에 있는 듯한 착각을 느끼게 했고, 미소 지을 때 입술 사이로 살짝 보이는 하얀 치아는 보석처럼 반짝거렸다. 그녀를 만나면 가을 하늘 높이 날아오르는 한 마리 솔개가 되어 구름 위를 날아다니는 것처럼 마냥 행복했다. 그녀를 알게 된 이후 카메라의 파인더로 보는 이 세상의 모든 피사체는 그녀를 위한 배경에 불과해졌다. 처음 만나서 데이트를 한 덕수궁 정원에 피어 있던 연분홍빛 진달래꽃과 샛노란 개나리꽃도 그날의 나에게는 단지 그녀의 아름다움을 돋보이게 하려고 피어 있는 소품에 불과했다.

사진을 전문적으로 공부하던 때 용돈을 모아 85mm 렌즈를 샀다. 이 렌즈만 있으면 내가 사랑하는 여자를 그 누구보다도 아름답게 촬영할 수 있다는 확신이 들었기 때문이었다. 사진작가들은 '여자 친구 렌즈'라는 애칭을 가진 그 렌즈를 으레 가지고 싶어 했다. "여자 친구를 찍으면 사진이 참 잘 나온다."라는 평을 듣는 렌즈는 명성에 맞게 내게도 제대로 진가를 발휘했다.

그녀와 1년여 데이트를 한 끝에 결혼에 이른 데에는 이 렌즈가 큰 역할을 했다. 아내가 결혼하면 여왕처럼 손끝에 물 한 방울 안 묻히며 살 수 있을 것이라고 착각하게 된 이유가 바로 이 렌즈 효과다. 초점이 맞은 부분은 정확히 표현되고 배경은 희미하게 처리되어 주제를 돋보이게 하는 묘사력이 훌륭했다. 인물 사진에 특화된 이 렌즈를 통해 찍은 사진은 늘 아내를 만족시켜 주었고 항상 그녀 곁에 있었다.

우리 부부 사이에 아이가 태어났다. 백일이 된 아이가 제법 소리 내어 웃는 표정과 몸을 뒤집으려고 빨갛게 된 얼굴로 용을 쓰는 모습을 담았다. 처음 발걸음을 떼며 스스로 대견해 하는 모습도 담았다. 자연스럽게 아기가 나의 다음 피사체가 되었다. 사진 속 아이의 해맑은 얼굴에서 아내를 처음 만났을 때 본 가을 하늘 같던 싱그러운 모습이 보였다. 그때 나는 사진 찍기를 취미로 삼은 것이 너무도 행복했다. 사진을 볼 때마다 위로를 받았고 마음이 평안해졌다. 아들이 태어날 때부터 대학교를 졸업할 때까지 85mm 렌즈는 아들의 몫이 되었다.

아들이 회사에 취직한 후 몇 년 뒤에 여자 친구를 데리고 왔다. 여자를 보는 눈이 나를 닮았나 보다. 아들의 여자 친구는 아내와 함께 서면 비슷할 정도로 훤칠하고 날씬하였다. 무엇보다 환한 미소를 보면 딸 자랑하던 친구들이 전혀 부럽지 않았다. 아들과 함께 시골에 올 때마다 머뭇거리는 그녀를 카메라 앞에 세웠다. 처음에는 어색해했지만, 결과물을 본 이후로 기꺼이 나의 모델이 되어주었고 셔터를 누를 때마다 하늘빛 미소를 지어

나를 기쁘게 해주었다. 며느리가 서울로 올라가는 길에 차에서 사진을 볼 수 있도록 카메라에 있는 이미지를 컴퓨터로 옮겨 카카오톡으로 전송하면 "아버님 사진 정말 예쁘게 나왔어요. 다음에도 예쁘게 찍어 주세요."라는 답글이 도착한다. 기뻐하는 모습이 글자 속에 담겨 있었다. 이렇게 85mm 렌즈는 자연스럽게 며느리의 곁으로 이동했다. 사랑하는 사람을 만나면 찍어 주기 위해서 준비한 렌즈 덕분에 베아트리체를 닮은 여인을 만나 결혼을 했고, 사랑하는 아들의 모습을 기록했고, 딸 부럽지 않은 며느리를 얻어서 살맛 나는 세상을 만끽할 수 있었다.

아들의 결혼 후 7년 만에 귀여운 손자를 보게 되었다. 며느리는 직장 생활을 하며 출산을 미루더니 "나이 더 들면 아이 낳기 힘들어."라는 아내의 채근에 드디어 새 생명의 울음소리를 들려주었다.

신이 난 아내는 카카오톡의 프로필 사진을 성장해 가는 손자의 얼굴로 자주 바꾸었다. 아기가 우리 집에 올 때마다 그 모습을 찍었는데 이 사진도 역시 아내를 찍어 주던 렌즈를 이용하여 촬영한 것이다. 군에서 첫 휴가를 나온 조카가 검게 그은 얼굴로 귀엽다며 끌어안자 낯설어서 울어 대는 모습도 있고, 천사 같은 아기의 맑은 눈동자에 가족들의 얼굴이 선명하게 담겨 있는 사진도 있다. 그중에서 아내가 가장 좋아하는 컷은 아기가 눈을 크게 뜨고 환하게 웃는 해맑은 사진이다. 어느새 여친 렌즈는 손자의 동선을 따라서 이동하고 있었다.

내가 찍은 많은 사진 중에서 가족사진만큼 편히 보고 부담 없이 즐길 수 있는 사진은 없다. 가족사진을 볼 때는 굳이 내용을 해석하려고 머리 아프게 생각하지 않아도 된다. 우리에게 감동을 주는 사진은 퓰리처상을 받은 훌륭한 작가의 작품이 아니다. 빛이 바래고 구겨지긴 했어도 지갑 속에 넣어 둔 가족사진, 자동차의 운전대 옆에 놓아둔 아이의 활짝 웃는 사진이 우리를 행복하게 한다.

오랜 군 생활을 하는 동안 때로는 지치고 힘든 일들과 마주쳤지만, 그때마다 나를 일어서게 하는 사람은 내 곁에서 환하게 웃으며 용기를 주었던 나의 베아트리체였다. 이번 주말에는 아내의 손을 잡고 덕수궁의 돌담길을 걸어 봐야겠다. 정원에는 연분홍 진달래가 아름답게 피어 있을 것 같다. 따사로운 봄 햇살에 은은한 색을 흔들어대는 꽃 옆에서 그들의 미소보다 더 화사하게 아내를 찍어 주어야겠다. 예쁘게 나온 결과물을 자랑스럽게 보여주며 처음 데이트할 때처럼 그녀의 환한 미소를 보고 싶다. 여왕처럼 손끝에 물 한 방울 안 묻히고 살게 해주겠다는 사기성 약속은 못 지켰지만, 아들과 며느리, 손자에게 빼앗겼던 여친 렌즈를 아내에게 되돌려 줘야겠다.

손때 묻은 카메라를 어깨에 메고 아내의 손을 가볍게 잡아 본다.
그녀의 손끝에서 따스한 온기가 전해진다.
봄바람에 흔들리는 나뭇잎 소리가 그녀의 목소리처럼 사랑스럽다.
아마 몇 년 후에는 손자가 이 카메라를 메고 고궁의 정원을 걷고 있을 것 같다.

새로운 시작, Alt+N과 함께

오랜 군 생활을 마치고, 정들었던 서산을 떠나 새로운 소도시로 이사를 했다. 작은 공간의 관사였지만 한 곳에서 25년간 살다 보니 무슨 물건이 이렇게 많은지 거의 두 달 전부터 조금씩 버리기도 하고 쓸 만한 것은 주변에 나눔도 했지만 5t 트럭을 빈틈없이 가득 채웠다.

포장이사를 하면 주인은 전혀 할 일이 없다고 홍보를 했지만 먼저 살던 숙소와는 면적과 구조가 전혀 다른 곳이라 이삿짐센터 사람들이 떠나고 나니 뒷정리는 오롯이 우리 부부의 몫이었다. 계획되었던 이사였지만 한바탕 태풍이 지나간 것 같기도 하고, 집안은 혼란한 전쟁을 치른 뒤끝 같은 어수선함이 내 손길을 기다리고 있었다. 드레스 룸 속은 사계절을 모두 섞어 놓은 듯 여름옷과 겨울옷이 뒤범벅되고, 주방의 싱크대 안에도 모든 그릇이 뒤섞여 어지럽다. 창고로 쓸 공간도 문을 열어 보니 잡동사니를 담아 놓은 상자들이 켜켜이 쌓여 있고, 신발장에도 모든 신발이 서로 엉켜서 숨죽이고 나의 눈치만 보고 있었다.

눈에 보이는 장면은 산만했지만, 주전자에 물을 끓였다. 그리고는 평소 좋아하던 카누 커피 두 스틱을 잘 섞은 후 거실 창가에 의자를 가져다 놓고 빨리 이삿짐을 정리하자고 채근하는 아내를 끌어다 앉혔다. 예순을 훌쩍 넘긴 아내의 얼굴을 보며 참으로 대견하고 고맙다는 생각이 든다. 결혼 당시에는 갓 피어난 백합보다 싱그러웠지만, 그 젊음을 지나온 늙음도 나쁘지 않다. 나이 먹는 것이 서럽다고들 하지만 지금의 '나'와 '아내'도 참 괜찮구나 싶다.

손을 살짝 잡아보았다. 군의 엄격한 조직 생활 속에서 오랫동안 버틸 수 있도록 뒷바라지해 준 아내의 거칠어진 손마디가 애처롭다. 개인의 의견이 철저히 무시되고 상의하달이 우선시 되는 계급사회의 치열한 삶의 울타리에서 저만치 물러선, 전투기가 찢어질 듯 고막을 울리는 소음에서 벗어나 한숨 돌리고 산천을 둘러볼 여유를 갖게 한 그녀가 그저 고마울 뿐이다.

"얼른 정리 시작해요"라며 뜨거운 커피를 '호~ 호~' 불어가며 부지런히 마신 아내의 목소리에 잠시 감성에 젖어 있던 나는 주방 정리를 도와주었다. 의자 위에 올라서서 싱크대 상부 장의 꼭대기 선반에 와인 잔을 정리하는 아내의 힘줄 돋은 마른 종아리가 갑자기 낯설어 보인다. 그러고 보니 입고 있는 회색빛 물빠진 반바지는 한 달 전 이삿짐을 준비하면서 버리라고 했던 옷이었다. 오래전에 산 것으로 탈색이 되고 고무줄이 늘어나서 가끔은 흘러내려 속살이 비치는 것이 보기 흉해서 버리라고 했던 그 옷이었다. 현역 시절에는 군복의 주름을 칼같이 잡아서 누군가 스치면 손을 베일 것 같이 준비를 했고, 전역 후 군무원으로 채용된 후에는 늘 깨끗한 옷으로 준비해서 출근할 때 조화롭게 해주던 아내가 막상 자신의 옷은 그리 신경 쓰지 않았다. "이삿

짐 정리할 때까지만 입으려고요" 묻지도 않았는데 내 눈길을 의식했는지 '씨~익' 웃으며 대답을 한다.

서재로 들어와 뒤섞여 있는 책을 대강 정리한 후 컴퓨터를 켰다. 한컴오피스를 열어서 어제까지 써 왔던 글을 마감했다. 그리고 'Alt+N'을 눌렀다. 그 어떤 글자도 없는 새로운 창이 열렸다. 이제부터는 이곳에다 인생 2막에 관한 새로운 글을 쓰고 싶다. 그동안 써왔던 글에 전혀 영향을 받지 않는 새로운 내용의 참신한 이야기를 기록해 나갈 것이다. 그동안 군에 관한 일들을 일기 형식으로 써오곤 했는데 이제는 새로운 형식의 생생한 세상의 글을 써야겠다고 생각했다.

열려 있는 새 페이지에 어린아이 같은 마음으로 자판을 두드렸다.

"앞으로의 인생 정말 멋지고 행복하게 살자."

그러고 보니 컴퓨터 키보드의 단축키 'Alt+N'을 내 인생의 전환점에다 사용하면 좋겠다는 생각이 들었다. 그동안 살아왔던 딱딱한 세계가 아닌, 전혀 다른 인생의 새로운 창을 열고 낯선 길을 찾아 떠나는 여행의 시작이라고 해야 할까?

눈을 감고 두 손으로 인생의 키보드를 더듬어서 찾아냈다. 그리고 단축키를 쳤다.

'Alt+N'

인생의 새 창이 하얗게 열렸다. 먼저 유럽 여행 때 사 온 러시아 인형이 보였다. 나의 인생은 자기 안에 자기, 그 안에 또 자기가 들어 있는 러시아 인형 같다는 생각이 들었다. 첫째 인형은 내가 온 정열을 바쳤던 젊은 시절의 군 생활, 두 번째 인형은 군 생활을 마치고 이어진 군무원 생활, 그리고 꺼낼수록 작아지는 세 번째 인형(원래는 일곱 개가 들어 있어야 맞지만, 집에 와서 포장을 풀어보니 세 개가 들어 있었다.)처럼 모양은 그대로이지만 작고 단아한 그놈이 나 같다는 느낌이 들었다. 앞으로는 나에게 주어진 시간을 보다 담백하게, 수필처럼 살고 싶다. 이렇게 한글 작업을 할 때, 전혀 새로운 창을 열 때처럼 인생에서도 전환점이 필요할 때 'Alt+N'을 쳐서 새로운 생활을 시작하는 계기를 만들면 얼마나 좋을까.

문밖에서 나를 부르는 소리가 들린다. 정리할 일이 많은데 컴퓨터 앞에만 앉아 있는 내가 못마땅한가 보다. 인생이 막의 설계를 구체화하지도 못했는데 나가봐야 할 것 같다. 이제는 엄처시하를 벗어나도 될 만한데 아직도 머슴처럼 그녀의 그늘 속에서 헤어나지 못하고 있다. 아마 몇 년을 이 상태로 지낸다면 나도 테스 형처럼 유명한 철학자가 되어 있을지도 모르겠다. 내일은 그동안 고생한 아내와 함께 근사한 레스토랑에 가서 우아하게 식사를 하고 예쁜 바지를 선물해야겠다.

인생의 전환점에서 'Alt+N'을 눌러 새로운 창을 열듯, 나는 이제 새로운 삶의 장을 열고자 한다. 새로운 시작, 새로운 도전, 그리고 새로운 행복을 향해.

그리고, 이 나이가 되면 알아서 기는 수밖에…

그녀의 예감

밤새 함박눈이 내렸다. 아침을 간단하게 먹은 후 무쏘의 시동을 걸고 가속 페달을 조심스럽게 밟았다. 사륜구동으로 전환한 차량의 움직임이 묵직하게 느껴진다. 오늘은 무슨 일인지 아내가 함께 가겠다고 따라나섰다. 갑자기 하루 전에 회사에 휴가를 내고 밤늦게까지 카메라 세팅을 하며 수시로 창밖을 내다보는 것을 보고 무슨 수상한 낌새를 느꼈나 보다. 촉이 예사롭지 않은 마님은 내가 늘그막에 바람이라도 났다고 의심하는 표정이 역력하다.

매년, 초봄이 되면 앙증맞은 꽃이 두꺼운 눈을 뚫고 올라와서 하얀 미소를 보여주는 신비함을 담으려고 눈이 내린 다음 날에는 근처 야산의 눈 쌓인 계곡을 많이도 다녔다. 올해도 그 열병은 식을 줄 몰라서 눈 쌓인 미끄러운 길을 나선 것이다. 삼십 분이면 도착할 거리를 거의 한 시간 만에 태안의 야산에 도착했다. 하지만 그곳에는 눈이 적게 내렸고 해가 잘 드는 곳이라 눈이 모두 녹아서 내가 원하는 피사체를 찾을 수가 없었다.

멀리 보이는 팔봉산에 하얀 눈이 그대로 쌓여 있는 것이 보였다. 차를 돌려서 나만의 비밀정원으로 이동을 했다. 조수석에 앉은 감시자는 속주머니에 넣어둔 스마트폰의 미세한 진동 소리에도 먹이의 움직임을 포착한 삵처럼 귀를 쫑긋거리는 날카로움이 느껴졌다.

산 아래 주차장에는 눈이 많이 쌓여서 겨울왕국 그 자체다. 준비한 아이젠을 착용하고 둘이서 산을 올랐다. 높이 오를수록 발목까지 눈 속에 묻혔다.

"이 눈 속에 어떤 꽃이 피어 있다고 등산을 하는 거야?"라며 불편한 심기를 드러낸다. 평소의 대화할 때와 전혀 다른 억양으로 보아 애인을 만나러 왔다가 자기가 함께 오니까 계획을 바꿔서 이리저리 돌아다니다가 결국은 엉뚱한 곳으로 가는 것이라고 생각한 것이 틀림없다.

작년에 무더기로 꽃을 보았던 상수리나무 근처에 도착했다. 하지만 주변이 모두 눈에 덮여서 아무것도 찾을 수가 없었다. 두리번거리는 나를 보며 아까보다 목소리의 톤을 더 높여가며 "아무것도 없으니 그만 내려가자"라고 한다. 마치 크산티페가 옆에 있는 듯 서늘한 느낌이 들었다. 그렇지 않아도 바람이 불어와 몸이 추워지는데, 시간이 흐르면서 몸이 점점 더 추워지고 위축되는 것 같았다.

"누가 꽃을 따서 여기에 잔뜩 뿌려놨어요." 어! 갑자기 말투가 경어체로 바뀌었다. 아내의 주변을 둘러보았다. 지금 이곳에는 그 어떤 발자국도 없다. 우리 부부가 숫눈길을 걸어왔는데 누가 이곳에 꽃을 뿌려놓았다고 하는 것일까?

나목의 가지를 비집고 들어온 햇살에 반짝거리는 새하얀 눈 위에는 흰색과 청색, 분홍색의 작은 꽃들이 환하게 웃으며 나를 바라보고 있었다. 그중에 아직 피지 않은 개체는 꽃봉오리 위에 눈을 잔뜩 이고 있었다. 세상에 이렇게 아름다울 수가! 이런 장면을 보려고 평일에 일부러 휴가를 내어서 눈길을 달려오지 않았던가. 가방에서 조심스럽게 카메라를 꺼내 매크로 렌즈를 장착했다. 그리고 작은 키의 꽃과 눈높이를 맞추었다. 파인더에 보이는 꽃은 초봄의 향기를 진하게 뿜어내고 있었고, 분홍빛 꽃술은 세수를 마치고 물기를 닦지 않은 소녀의 얼굴처럼 싱그러움이 가득했다. 꽃망울이 터지는 소리와 해맑은 노루귀꽃의 자태에 마음이 뺏겨서 정신없이 셔터를 누르다 보니 무릎과 팔꿈치는 모두 젖어 있었다.

"이제 그만 내려가요"라는 아내의 목소리에 정신을 차렸다. 너무 열심히 촬영을 하다 보니 그녀가 옆에 있는 것도 잠시 잊고 있었다.

카메라를 어깨에 메고 아까 올라올 때 남겨두었던 발자국을 따라 계곡 아래로 내려가기 시작했다. 몇 미터 앞서가는 감시자는 예상했던 결과가 빗나가서 기분이 좋은지 아까와는 전혀 다른 사뿐한 발걸음이었다.

"마님 잠깐만요~" 아내를 불렀다.

나를 향해 고개를 돌리는 그녀의 목을 붙잡고 자주색 목도리가 원을 그리며 왈츠를 췄다. 예쁜 새를 찍을 때처럼 연사 모드로 셔터를 눌렀다. 호수를 담고 있는 눈동자가 샛별처럼 반짝거렸다. 가끔 꽃 사진을 찍을 때면 "여기 꽃이 있는데 무슨 꽃을 찍어요?" 농담을 하면 "호박꽃도 예쁜 구석이 있기는 하지요."라며 나 역시 가볍게 받아주곤 했는데 오늘은 아니었다. 환하게 웃고 있는 그녀의 모습은 조금 전에 자세를 낮추고 어렵게 담았던 하얀 빛의 화사한 노루귀보다 훨씬 더 아름다워 보였다.

꽃 중의 꽃은 무엇보다도 장미가 으뜸이라고 생각했다. 매끄럽고 부드러운 장미의 살결과 진하게 후각을 유혹하는 달콤한 향기는 여왕의 직위를 붙여도 정말 손색이 없는 꽃이다. 하지만 아내는 장미로 태어나지 않고 백합으로 태어난 것이다. 그리고 세월이 흘러 지금은 수수한 노란 빛의 호박꽃으로 변한 것이다. 그녀는 시든 장미처럼 화사함도 없고, 자신을 지킬 작은 가시도 지니지 못했지만, 조금은 거친 잎과 늘 푸른 빛으로 내 곁에 있지 않은가. 화려함은 없어도 나를 믿어주는 수수한 마음이 있지 않은가. 잠시 나를 의심한 미안함을 하산할 때, 카메라 삼각대를 들어주는 것으로 표현했지만….

눈이 녹지 않은 낮은 산의 계곡이 아름답다. 하얀 눈 위에서 나를 바라보고 있는 그녀의 환한 미소로 마음이 가벼워진다. 눈 위에 아름답게 피어 있는 꽃보다 더 화사한 모습을 보니 내가 그녀의 남편이라는 것이 너무나 행복하다. 아내는 흔한 꽃이 아니었다. 하얀 눈을 머리에 이고 계곡을 생기 있게 만드는 노루귀꽃이며 복수초인가 싶다. 아니, 그 어떤 꽃이라도 상관이 없다. 내가 사랑하는 여인이 호박꽃이면 어떤가. 그리고 밤이면 은은한 향기를 뿜어내는 달맞이꽃이면 또 어떤가. 나 하나만을 위해 피어 있는 소박하고 강인한 풀꽃인 것을….

차창을 내리자 시원한 봄바람이 세차게 불어와 내 얼굴을 스치고 지나간다.

오늘 밤에도 함박눈이 펑펑 내리면 좋겠다.

꽃길만 걸을 수는 없잖니?

거실의 화초가 잎을 몇 개씩이나 떨구더니 결국 죽고 말았다. 봄에는 초록의 도톰한 잎을 반짝이며 아름다운 꽃을 피웠던 식물이었다. 시들어가는 가지를 잘라내고 정성을 다해 보살폈지만, 결국 뿌리가 썩어버렸다. 오랫동안 화초를 키워왔지만, 어떤 것은 잘 자라지만 어떤 것은 1년도 못 넘기고 시들시들 말라버린다. 유칼립투스, 포인세티아, 그리고 다육식물인 염좌도 그랬다. 강한 햇빛에 힘들어 보이는 염좌에게 물을 더 주어야 할 것 같아서 물을 자주 주었지만, 한 달 후 그 식물은 그렇게 힘없이 쓰러지고 말았다.

며칠 전, 대학을 갓 졸업한 후배의 아들 이야기를 들었다. 중소기업에 한 달 다니더니 사직서를 내고 방황하고 있다는 것이다. 부모의 기대와 계획대로 성실히 살아온 아이의 진로가 갑자기 안갯속에 빠져 버렸다. "내가 너무 온실에서 키웠나요?" 후배는 아이가 조금이라도 잘못될까 걱정돼 매 순간에 개입했다고 했다. 자신의 어려운 길을 아이는 피해 가길 바라는 마음에서였다. 그러나 아이가 성장하며 겪어야 하는 기쁨과 고통은 오롯이 그 아이의 몫이다. 껍질이 트지 않은 소나무가 없듯이, 성장에는 성장통이 따르기 마련이다.

내가 키우던 염좌는 과도한 물로 인해 뿌리가 썩어버렸다. 친구가 집들이 선물로 주었기에 더 정성을 쏟았던 탓도 있을 것이다. 그러나 과도한 사랑이 오히려 해가 될 수 있다는 것을 배웠다.

여름방학을 맞아 분당에 사는 아들 부부가 손자를 데리고 우리 집에 왔다. 열흘간 손자와 지내면서 나는 새로운 경험을 했다. 다섯 살배기 손자는 장난감을 많이 가져왔지만 혼자 놀지 않고 항상 함께 놀자고 했다. 아이와 시간을 보내는 일은 생각보다 쉽지 않았다. 깊이 있는 상호작용은 많은 에너지를 요구한다. 그러나 제대로 놀아주는 것이 중요했다. 아이와의 깊고 친밀한 상호작용이 아이의 정서 발달에 긍정적인 영향을 미칠 수 있기 때문이다.

손자와의 시간을 특별하게 만들기 위해 '여름방학 추억 만들기 프로젝트'를 기획했다. 가까운 계곡에서 물놀이를 하거나 강원도 숲에서 자연을 탐험하며, 용산의 전쟁 기념관에서 전쟁 영화도 보고, 공원에서 연꽃과 오리를 구경하는 등 다양한 활동을 계획했다. 가장 기억에 남는 날은 아파트 뒷산을 오르던 마지막 날이었다. 낮은 산이지만 어린아이에게는 힘든 오르막길이었다. 도토리나무 잎과 줄기에는 대벌레가 가득했고, 아이는 벌레가 나뭇가지처럼 위장하는 모습을 보고 "애들이 엄마한테 달려가는 것 같아요"라며 신기해했다. 아이의 순수한 생각이 참 상큼했다.

산에서 내려오는 길에 아이가 돌부리에 걸려 넘어졌다. 얼른 달려가 일으켜 주려다 잠시 지켜봤다. 아이는 스스로 일어났고, 무릎에 작은 상처가 났다. 나는 그 상처를 털어주고 '호~' 해주었다. 아이는 마치 작년에 목욕탕에서 나의 상처를 보고 '호~' 해주었던 것을 떠올린 듯했다. 이 작은 행동이 아이에게 긍정적인 기억으로 남아 '회복 탄력성'을 키워주리라 믿었다.

부모가 모든 것을 대신해 줄 수는 없다. 아이는 돌부리에 걸려 넘어져 보기도 하고, 어려움을 겪으면서 성장한다. 미리 모든 것을 알아서 결정해 주는 것은 아이의 인생을 망치는 스포일러가 될 수 있다. 아이는 자신의 길을 스스로 찾으며 경험을 통해 성장해 나가야 한다.

손자와 함께한 시간을 마치고 돌아오는 길에, 거실의 고무나무 잎이 싱그럽게 반짝이는 모습이 눈에 들어왔다. 옆의 친구 화초는 뿌리가 썩어 사라졌지만, 고무나무는 여전히 푸른 잎을 자랑하고 있었다. 손자도 이렇게 싱그럽게 자랐으면 좋겠다. 내가 그의 내비게이션이 될 수는 없겠지만, 필요할 때 항상 그의 곁에서 응원하는 할아버지가 되어 주리라.

꽃길만 걸을 수는 없다. 손자가 이 세상의 모든 경험을 통해 더 넓고 깊은 인생을 배우길 바란다. 내가 할 수 있는 것은 그저 그를 이해하고 응원하는 것이다.

세상에서 꽃길만 걸을 수는 없잖니?

노고지리 사랑

　학교 수업이 끝나자마자 집 앞의 강가로 정신없이 뛰어갔다. 평소에는 학교가 파하면 멀더라도 차들이 많이 다니는 신작로를 이용했지만, 오늘은 그럴 수가 없었다. 작은 산을 넘는 지름길에 뱀이 자주 출몰하긴 했지만, 오늘따라 그것은 대수롭지 않게 느껴졌다.

　숨을 헐떡이며 도착한 강변에는 새벽부터 내린 소나기로 인해 언덕진 곳을 제외하고는 불어난 강물이 밀려오고 있었다. 일주일 전에 보아둔 종달새 둥지는 물에 잠겼고 그곳의 위치를 가늠하기도 어려웠다. 소양강 변의 넓은 자갈밭은 많은 종달새와 물새들이 매년 봄마다 즐겨 찾는 번식 장소였다. 예년보다 늦게 번식한 종달새 둥지가 물에 잠긴 것 같아 슬픈 마음으로 뒤돌아서려는데 갑자기 어디선가 종달새의 애처로운 노래가 들려왔다. 찰싹거리는 물 위를 스치듯이 날아다니는 그곳에는 아기 종달새 다섯 마리가 곧 물에 잠길 것 같은 자갈 더미 위에 애처롭게 모여 있었다. 나는 황급히 새들이 있는 곳으로 가서 아기 종달새들을 들고 있던 고무신에 담아 가져 나왔다.

　집으로 가져온 아기 종달새를 보고 중학교 1학년이었던 형은

"어린 새를 어쩌려고 가지고 왔느냐?"고 핀잔을 주었지만, 어머님은 나보고 "참 잘했다"라고 칭찬해 주셨다. 어머님은 헛간에서 가져온 병아리 사료와 계란 노른자, 그리고 막내가 먹다 남은 원기소를 혼합한 다음 물에 갠 후 어린 새들에게 주라고 하셨다. '어린 새들은 벌레만 먹는 줄 알았었는데 이런 사료를 먹이면 살까?' 걱정이 앞섰지만, 새들은 무럭무럭 자랐다. 한 달 뒤에는 문이 열려 있던 새장에서 나와 어디론가 날아갔다가 이틀만에 집으로 돌아왔다.

며칠 후, 가족과 함께 새장을 가지고 강가로 갔다. 그곳에는 예전의 넘실대던 강물은 찾아볼 수 없고 예쁜 조약돌이 보석처럼 반짝이는 평화로운 장소로 바뀌어 있었다. 어머니께서는 원래 둥지가 있었던 곳이라고 생각되는 곳에 모두 놓아 주라고 하셨다. 새장에서 밖으로 나온 다섯 마리 중 두 마리는 한동안 우리 주변을 맴돌다가 먼저 날아간 형제들을 따라서 힘차게 날아갔다.

오늘은 평소보다 두 시간 빠르게 출근을 했다. 활주로 옆의 초지에 대형 트랙터를 이용해 풀을 벤다고 어제 보고를 받은 이후 마음이 바빠졌다. 삭초 작업을 하기로 예정된 곳에 아직 둥지를 떠나지 못한 어린 종달새들이 걱정이 되었다.

인부들이 아침 일찍 작업을 시작했지만, 다행히 새들의 둥지가 있는 곳에 도착하지 않았다. 새끼들을 미리 준비해 간 상자에 담아서 집으로 가져왔다. 잠시 후면 트랙터의 날카로운 칼날에 흔적도 없이 베어지거나 다행히 칼날을 피한다고 해도 크고 넓은 바퀴에 깔릴 것이 분명하기 때문이다.

어릴 때 어머니께서 종달새 먹이 만드는 것을 기억해 냈다. 이번에는 병아리 사료 대신 녹두를 삶은 다음 말려서 가루로 만들었다. 여기에 어분을 넣고 영양제를 섞어서 특별 이유식을 제조했다. 사무실에서는 새 기르는 것을 허락하지 않기 때문에 지금부터는 아기 새의 생명이 오롯이 아내의 손에 달려있다. 아내는 내가 출근하면 아침부터 저녁까지 30분 간격으로 새들에게 먹이를 주었다. 일주일이 지나자 아기 새들은 이유식을 새장에 넣어주면 스스로 먹기 시작해서 기르기가 수월해졌다.

새들은 건강하게 자랐고 한 달이 지나자 어미 새와 구분이 가지 않을 정도로 성장을 했다. 주말에 아내와 함께 종달새를 자연의 품으로 돌려보내기로 했다. 장소는 천수만에서 미리 보아두었던 보리밭으로 정했다. 원래 둥지가 있던 곳은 전투기들이 수시로 이착륙하는 곳과 가까운 장소여서 혹여 사람 손에 자라서 위험성을 모르는 이 새들이 항공기와 충돌이라도 하게 될까봐 다른 곳으로 정했다.

「종달새는 예전에 강가의 돌과 작은 풀이 있는 곳, 보리밭에서 많이 번식했으나 지금은 강가와 보리밭에는 서식하지 않고 그와 환경이 비슷한 비행장의 활주로 옆 초지에서 많이 번식하고 있다. 환경의 변화와 농약을 피해 공항으로 들어온 새는 자신의 둥지 위에 날아올라 한동안 정지 비행을 하는 습성으로 인해 항공기와 충돌할 위험성이 크기 때문에 공항의 조류 퇴치 요원들이 매우 싫어하는 새가 되었다.」

정들여 키웠던 종달새들은 새장 밖으로 내보낸 뒤에도 아내를 엄마라고 생각하는지 한동안 날아가지 않고 우리 주변을 맴돌았다.

초등학교 시절, 강가에 서 있는 나의 머리 위에서 아름답게 노래하는 종달새를 발견하고는 그 노래가 하도 아름다워 종달새 주변에 다가가게 된 이후, 강가의 자갈 더미와 풀밭에 그토록 많은 종달새가 서식하고 있는 걸 보고 놀라지 않을 수 없었다. 그리고 소나기가 내리던 어느 날, 물에 떠내려갈 뻔했던 종달새 형제자매를 구해주고 난 이후에 종달새의 노랫소리가 들리면 어릴 때 이웃에 살던 가까운 친구를 만난 것처럼 반갑다. 그리고 그 새들의 노래를 듣고 있으면 "잘했다"라고 칭찬을 하셨던 어머님의 음성도 들리는 것 같다.

옛날 조선 후기의 문신인 남구만의 시조에 '동창이 밝았느냐 노고지리 우지진다'라며 등장한 새가 바로 지금의 종달새다. 노래를 할 때 물새, 때까치 등 주변의 새들 노래를 흉내 내기도 하지만 주로 내는 소리가 '노골노골 지리지리'하며 청아한 소리를 낸다. 그래서 옛사람들은 종달새를 '노고지리'라고 불렀다고 한다. 아마 어머님도 내가 강가에서 어린 새를 가지고 왔을 때 이 새가 자라면 우리에게 아름다운 노래를 들려준다는 것을 미리 알고 계셨을까?

늘 다니던 길옆의 보리밭에서 종달새가 아름다운 노래를 부르며 하늘 높이 떠 있다. 한 마리가 내리면 다른 새가 날아올라서 노래를 부르며 넓은 들판을 종달새의 감미로운 노래 그늘로 만들어 주며 계절에 생기를 불어넣고 있다.

이 새를 알기 전까지는 많은 새들의 노래에 섞여 들리지 않다가 사랑을 하게 된 뒤로는 들리기 시작했다. 고향의 강가에 있어도 들리고, 전투기의 안전한 이륙을 위해서 활주로 근처에 나가 있어도 그곳까지 따라와 함께 있는 걸 느낄 수 있다.

그렇다. 사랑하면 들린다. 새든 사람이든 사랑하면 비로소 들린다. 참으로 아름다워 그 새소리를 떠나지 못하다가 돌아서면 다시 그리워지는 새, 종달새가 내게 그런 새가 되어 버렸듯 사람마다 그런 사랑이 있을 것이다.

귀를 열어 잘 들어보라. 당신 가까이에 그런 새가 있다. 늘 듣고 있으면서도 들리지 않다가 비로소 귀에 들리는 새의 노래, 그런 사랑스러운 노고지리가 당신 곁 어딘가에 있다.

노을 지면 겨울 동화 시작

한국은 새들에게 축복의 땅이다. 아니 새들이 있어서 축복받는 땅이다. 찬 바람이 불기 시작하면 동토의 땅에서 몰려오는 철새들의 그림자로 전국의 산하가 출렁인다.

겨울 철새의 천국인 삽교호에는 찬바람에 실려 온 수십만 마리의 겨울 진객들이 모습을 드러냈다. 방조제에 막혀 생긴 거대한 호수인 삽교호 너머로 해가 기울었다. 붉은 기운 가득한 호수 한가운데 까만 섬이 서서히 미끄러지기 시작했다. 가창오리 떼다.

북극과 지척인 시베리아에 있던 가창오리 떼가 추위를 피해 이곳까지 날아왔다. 바이칼호에서 힘을 충전한 뒤 중국, 러시아, 몽골을 거쳐 모여든 것이다. 전 세계의 가창오리 수가 30만~40만 마리라는 데 이 중 95%가 삽교호를 찾는다고 한다. 가창오리는 삽교호에서 쉬다 이달 중순을 넘으면 좀 더 따뜻한 금강하구로, 해남의 고천암호로 이동할 것이다. 그리고 다시 초봄이 되면 삽교호를 찾는다. 몇 년 전만 해도 서산의 천수만 지역에 가창오리가 월동을 해 왔지만, 그곳은 현대건설에서 민간

인에게 농경지를 매매하면서 가창오리는 몇백 마리밖에 찾지 않는 곳으로 바뀌었다.

가창오리는 유독 겁이 많다. 낮에는 '적'들의 근접을 피해 호수 한가운데 모여서 잠을 자고는 다른 생명들이 잠을 자는 밤에 일어나 먹이를 찾아다닌다.

한낮에 지표면을 달구었던 뜨거운 해가 붉은빛으로 바뀌며 호수로 잠기기 전, 새 떼가 깨어나기 시작한다. 물속에 잠겨 있던 거대한 먹구름이 수면 위로 순식간에 떠 오르며 우주선 모양을 만들기도 하고, 로켓 모양을 만들기도 하며 빠르게 이동을 한다. 해가 질 무렵 호수에 시뻘건 노을이 물들어 갈 때 검은 그림자는 호수 위로 부풀어 오른다. 먼저 날개를 편 가창오리들이 무리 위를 맴도는 것이다.

잠잘 곳을 찾아 호수로 날아드는 기러기 떼들의 소란스런 비행이 얼추 그치고 난 후, 가창오리의 비행이 본격화됐다. 조금 더 어둠을 기다린다. 붉은 기운마저 잦아들 무렵, 마침내 모두들 깨어났다.

은둔의 사슬을 벗고 이제 비상이다. 함께 떠오르는 가창오리 떼, 서로가 서로의 잠을 깨우고, 서로의 두려움을 달래느라 힘차게 울어댄다. 수십만 마리의 거대한 합창으로 호수에 파문이 인다.

하나는 외롭고 무섭지만 함께라면 두렵지 않다. 떼로 날아오른 가창오리들은 그 감격을 하늘 위에 휘 휘 그림으로 그려낸다. 평양의 일사불란한 카드섹션처럼 뭉크의 <절규>를 그렸다가 거대한 고래를 그리더니, 항아리처럼 한데 말아 올라서는 하트 모양까지 선보인다.

　노을이 어둠에 묻혀 완전히 빛을 잃자 마침내 화려한 굿판이 끝을 냈다. 호수를 떠난 가창오리 떼는 먹이를 찾아 길쭉한 유선형을 그리며 광활한 들판으로 날아가 버린다.

　가창오리의 군무에 홀려 발이 떨어지지 않았다. 호숫가서 밤을 보내고는 캄캄한 이른 새벽 다시 물가로 나갔다. 이번엔 아산호다. 삽교에서 떠오른 가창오리들이 새벽에는 아산호에 몰려들 것 같은 막연한 느낌 때문이었다. 도박은 성공했다.

　어둠이 옅어지면서 호수에서 들려오는 새의 울음소리도 조금씩 커져갔다. 시야가 서서히 열리면서 지난 밤 배를 채운 가창오리 떼가 호수로 찾아드는 모습이 보이기 시작했다. 저녁에는 한 무리로 뻗어 나가더니 새벽에는 조금씩 무리지어 길쭉한 꼬리를 한 유령의 모습으로 한 덩어리씩 여기저기서 날아와서는 호수 위에 다시 또 거대한 검을 섬을 만들어 낸다.

　해가 뜨기 직전 가창오리의 비행은 정확히 끝을 맺었고, 밝은 빛줄기를 받으며 고요한 침묵에 빠져들었다.

독서에 관한 단상

코로나 19 확진자 수가 연일 50만 명을 넘나들던 어느 날, 불행히도 그 대열에 합류했다. "이럴 수가, 어째서 내게 이런 일이?" 어디에서 감염되었는지 곰곰이 생각할 필요도 없었다. 범인은 아내였다. 며칠 전 지인들과 함께 식사를 하였는데 그중한 명이 기침을 평소보다 많이 했다는 것이다. 며칠 후 목이 아프다는 아내를 태우고 보건소를 다녀왔다. 왜 불길한 예감은 정확히 맞는 것일까? 보건소에서 "양성입니다"라는 문자를 받았다. 어차피 한 번은 지나가야 할 일이라며 같은 방을 쓴 것이 문제였다. 의도적으로 최다 확진자 수 기록 경신에 한몫을 보탠범인이 되었다.

생각보다 증상은 심했다. 목이 따끔거릴 뿐만 아니라 기침과코 막힘도 심했고, 무엇보다 부부가 동시에 환자가 되어 밖에나갈 수도 없고 보고 싶은 손자가 온다고 해도 말릴 수밖에 없는 현실이 속상했다. 다행히 후각과 미각은 정상이라서 음식을먹는 것은 지장이 없었다. 스스로 환자라는 사실이 체감되진 않았지만, 격리하는 7일 동안은 일을 푹 쉬면서 그동안 바쁘다는핑계로 미뤄 놓았던 책을 보기로 마음먹었다.

평소에 나는 책을 꽤 사는 편이다. 일주일에 한 번씩 신문에 소개되는 신간 서적들을 메모해 놓았다가 인터넷 서점에서 한꺼번에 구입하는 것이 나의 행복이라고 생각하곤 한다. 고등학교 때 읽고 싶은 책들이 너무 많았지만, 사정이 여의치 않아 읽지 못했다. 그래서 어른이 되면 원 없이 책을 사는 것이 꿈이었는데, 어느새 나는 어른이 되어버렸다. 소년 시절의 욕구는 사라질 줄 몰라서 서재에는 늘 책이 쌓여 있다. 책장에 정리되어 있는 책도 많지만, 매달 배달되는 월간지와 새로 구입한 책들이 읽혀지지 않은 채로 쌓여 있는 것이 더 많다. 항상 세월이 빠르게 간다고 한탄하지만, 책을 사는 것만큼은 올림픽에서 금메달을 딴 미녀 궁수보다 나의 손과 마음이 더 빠르지 않나 싶다.

이렇게 쌓여 있는 책을 보면 괜히 부자가 된 것처럼 마음이 뿌듯하고 행복해진다. 볼 때마다 어릴 때 꿈을 이루었다는 만족감과 영혼이 풍부해진다는 기분에 서재에 들어설 때면 고유의 책 냄새에 매료된다. 한편으로는 '괜한 욕심에 다 읽지도 못할 책을 쌓아 놓은 것은 아닐까?'라는 작은 후회도 있지만 '시대의 지성' 이어령 선생은 책을 정복하려 들면 안 되고, 내게 말을 걸어오는 책을 편히 읽으면 된다고 말했다.

선생은 소가 풀을 뜯듯 자유롭게 읽으라고 했다. 책은 재미로 읽지, 의무로 읽는 게 아니니까 재미없으면 덮고, 느끼면 밑줄을 치면 된다는 것이다. 그러다가 책에서 기막힌 문장을 만나면 그게 환희요, 그게 독서라고 했다. 맞다. 군 생활을 오래 하면서 책은 전문성을 높이기 위해 읽었었지, 재미로도 읽은 적이 있었던가. 최근에는 책꽂이에 있는 책들이 먼지가 쌓여가는 것을 느끼면서도 스마트폰을 꺼내서 유튜브의 쇼츠 영상 보는 것에 집중하지 않았던가. 자연스럽게 어릴 때 순수한 마음은 사라지고 지금은 보여주기식 서재 꾸밈으로 변질되었다는 생각에 얼굴이 화끈거렸다.

서재에서 오래된 소설책을 꺼내 왔다. 아내가 수시로 청소를 하지만, 먼지가 살짝 앉아 있어서 오랫동안 나의 손길을 기다렸다는 모습이었다. 이 책은 아주 오래전 입시를 앞두고 출제가 된다는 정보를 흘려듣고 참고가 될 것 같아서 구입한 것으로, 한 번 훑어보고 꽂아 놓았던 이후 본 적이 없는 책이었다. 즉, 세월의 흔적만으로도 고전인 책이다. 그래도 소득은 있었다. 그 책에 나왔던 여인의 주인공 이름을 아직도 애칭으로 휴대폰에 아내 이름을 대신하여 자리 잡고 있으니까….

오랜만에 읽는 소설은 나를 소년 시절로 돌아가게 했다. 군에서 초급 간부 시절 지금의 아내를 만나 고궁을 거닐 때처럼 가슴이 콩닥거렸다. 책장을 넘길 때 아내의 애칭으로 불리는 여주인공의 이름이 나올 때면 얼굴이 달아오르곤 했다. 아침 식사 후 먹은 한 움큼의 코로나 약 기운은 아닐 것이다. 어찌나 재미있던지 아내와 데이트하던 젊은 시절로 돌아간 것 같았다. "맞아, 이런 기분 때문에 책을 읽는 것이야"라며 깊게 깊게 책 속으로 빨려 들어갔다.

코로나 후유증으로 목소리가 탁해지기는 했지만, 그 시간이 나에게는 새로운 활력을 불어넣은 매우 알차고 행복한 시간이 되었다. 서재에서 잠자고 있는 수십 년 된 책에서 말이다. 갑자기 '책은 읽을 책을 사는 게 아니라 산 책 중에서 읽는 거라'는

김영하 작가의 말이 오늘따라 가슴에 따뜻하게 와닿았다. 하지만 오늘도 나는 그동안 메모해 놓았던 책을 사기 위해 컴퓨터 자판을 두드리며 주문을 하고 있다. 설사 그 책을 다 읽지 못할 것이 뻔하더라도.

혹시 오늘도 쌓여 있는 책 속에서 진주같이 멋진 문장을 하나 발견할지 모른다. "늙는 것은 세월이 흘러가서 늙는 것이 아니라 배움을 멈추고 호기심을 잃어버렸기 때문이다"라는 것 같은….

바람과 함께 날아오다

　몸이 움직일수록 수렁으로 점점 더 빨려 들어갔고, 그럴수록 영혼은 내 몸을 빠져나가려고 준비하는 듯했다. 손에 든 것을 버려야 했다. 하지만 내 의지와 무관하게 두 손은 카메라와 렌즈가 물에 잠기지 않도록 높이 치켜 올리고 있었다. 정말로 바보 같은 짓이었다.

　사진을 취미로 삼는 생활을 하면서 가장 기억에 남는 일은 물새 둥지와 관련된 일이다. 그 새의 생태를 담기 위해 논 속으로 들어갔다. 당시 삽교호 인근 갯벌을 메워서 농토로 만든 곳은 새들의 천국이었다. 그중에서 장다리물떼새의 번식 장면은 베일에 싸여 있었는데, 사람들의 발길이 닿지 않는 일부 논에서 그 새들이 집단으로 번식을 하고 있었다. 이른 아침 카메라를 준비해서 장다리물떼새의 번식지로 출발했다. 그곳은 이앙기로 파종을 마친 곳이었지만, 다른 논에 비해 벼가 제대로 자라지 않았고 돌출된 흙더미 위에 있는 새들의 둥지는 모두 노출되어 있었다. 농부처럼 색 바랜 옷을 입고 장화를 신은 다음 카메라를 메고 논으로 들어갔다. 넓은 논에는 20여 개의 둥지가 있었다. 어미 새가 알을 품고 있는 둥지, 알을 깨며 밖으로 나오려고 애쓰는 새끼, 이미 알에서 나와 엄마 새를 따라서 물로 들어가려고 하는 아기 새들을 볼 수 있었다. 이런 다양한 장면을 볼 수 있는 곳은 전국에서 이곳뿐이었다. 논에서 장화를 신고 걸으니 금방이라도 넘어질 듯 미끄러웠지만, 마음은 새가 되어 날아오를 듯해 가볍게 셔터를 눌렀다. 한 시간 동안의 촬영을 끝내고 어미 새들의 항의 시위를 피해서 철수하려는데 몸이 수렁 속으로 들어가기 시작했다. 움직일수록 깊이 들어가더니 어느새 허리까지 묻혔다. 이곳에 벼가 자라지 않는 것을 보고 이렇게 될 것을 미리 알아챘어야 했다. 2.0에 이르는 시력으로 주변을 둘러보며 도움을 요청하려 했지만, 아무도 발견할 수 없었고 수렁의 미끈한 손은 나를 계속해서 잡아당기고 있었다.

'바람'에는 크게 두 가지 뜻이 있다. '공기의 움직임'과 '어떤 일이 이뤄지길 기다리는 마음'이 바로 그것. 공군 부대에 근무하면서 전투기를 보호한다는 명목 아래 쏜 엽총에 맞아 죽어 가는 고라니와 새를 많이 보았다. 입대 전부터 윤무부 교수와 전국의 아름다운 새를 찾아다니며 환경보호의 중요성을 배웠던 나는 공군 부대와 민간 공항에서 새들과 항공기 간의 충돌을 방지해 양측을 모두 보호하는 활동을 시작했다. 멸종해 가는 새들이 서식 환경이 좋은 군부대 및 공항 근처의 숲과 초지에 많이 살고 있다는 것을 알리기 위해 시간만 되면 카메라를 들고 군부대와 공항 근처의 새들을 찾아다녔다. 그중에서도 천연기념물을 중심으로 카메라에 담았다.

날씨가 따뜻해지면서 남쪽 지방에는 벌써 봄을 알리는 새들이 찾아왔다. 긴 꼬리를 살살 흔들면서 논둑을 걸어 다니는 할

미새가 제일 먼저 도착했다. 뒤를 이어서 제비가 도착할 것이다. 그리고 긴 다리를 가진 장다리물떼새도 도착할 것이다. 이렇게 바람 따라 우리나라를 찾는 새들의 모습을 담아서 몇 년 전부터 높이 날아오르는 아름다운 새와 그들의 행복에 대한 나의 바람을 담아 사진전을 열고 있었다.

사진에 연륜이 쌓이면서 감동이 없는 사진, 이야기가 담기지 않은 사진은 생명이 없는 작품이라는 생각이 들었다. 잘 찍는 연습보다 피사체를 보며 감동을 찾아내고 읽어내는 연습을 하게 되었다. 아름다운 형상을 단순히 표면적으로 느끼는 사진이 아니라 그 안에 담긴 숨은 이야기를 표현하는 사진이 진정한 작품이라는 것을 오랜 시간이 흐른 뒤에야 알게 되었다.

몇 년 전부터 새를 찍은 내 사진에는 이야기가 담기기 시작했다. 편히 볼 수 있되 메시지가 있는 사진이 된 것이다. 우리에게 감동을 주는 피사체는 우리와 가까운 곳에 눈을 돌리면 바로 옆에 있다. 이마에 흐른 땀을 훔치다 우연히 올려다본 하늘, 아내와 산책을 나섰다가 생각지도 않게 마주친 들꽃, 비가 온 다음 날 아침 산허리에 걸린 안개, 이슬을 매달아 놓은 거미줄, 이렇게 사소한 것들이 나를 설레게 하고 기쁨을 안겨주었다.

감동을 주는 사진에서는 '아우라(Aura)'를 느낄 수 있다. 사람들은 오래된 예술품을 마주할 때 아우라를 이야기하지만, 사소한 풍경들이 가슴을 뜨겁게 할 수 있다면 그것이야말로 생활 속의 '정서적 아우라'라고 감히 말하려 한다. 이야기가 담긴 사진을 보며 각자의 삶에 대한 위로를 받고 치유의 시간을 얻을 수 있다면, 그 사진이 오래된 예술 작품이 아니라 불과 며칠 전에 찍은 사진이라 하더라도 진짜 아우라를 담고 있는 셈이 아닐까 생각한다.

때로 삶에는 우리를 지치게 하고 힘들게 하는 수많은 사연이 생기지만, 그때마다 우리에게 다시 일어설 용기와 활기찬 희망을 주는 것은 소소한 작은 이야기이다. 그 작은 이야기 속에는 언제나 설렘이 있고 진한 감동이 있다. 그 설렘을 사진 속에 담아내고 글로 풀어낸다면, 사진을 보는 사람들이 위로를 얻고 글을 읽는 사람들의 영혼이 맑아져서 늘 감동할 수 있을 것이다.

예전에 나의 몸이 수렁으로 들어갔던 것은 다이어트를 하지 않은 나의 몸무게 때문이 아니었다. 또한 필름 속에 담겨 있던 천수만 새들에 대한 무게 때문도 아니었다. 그건 단지 절제하지 못한 내 욕심의 무게 때문이었다. 이탈하기 직전의 내 영혼을 붙잡으면서 다음부터는 절대로 이렇게 무지한 행동을 하지 않겠다고 다짐을 했다. 그러고는 카메라에 날개를 달아 주었다. 성능이 좋은 촬영용 드론을 구입했고 두 달에 걸친 교육을 마치고 드론 조종자 자격증을 취득했다. 이제는 논에 벼가 왜 자라지 않는지 궁금해하지 않아도 되고, 높은 절벽에 둥지를 만든 수리부엉이의 어린 새끼들이 무엇을 먹는지, 얼마나 자랐는지 확인하기 위해 위험을 무릅쓰고 다가가지 않아도 된다. 야외 공연 사진을 찍기 위해 긴 대나무에 카메라를 매달고 힘들게 들고 있지 않아도 된다. 그저 잔잔한 프로펠러의 바람 소리와 함께 돌아온 드론 몸속의 디지털 영상을 꺼내 보기만 하면 된다.

카메라를 물속에 빠트리지 않기 위해 두 손을 치켜 올렸던 아찔한 추억은 기억에서 지우고 싶지만, 이제 또다시 두 팔을 힘차게 들어 올린다. 바람과 함께 날아온 나의 날개 달린 카메라에 찬사를 보낸다.

별이 빛나던 밤에

   정지원님의 시 '별'을 처음 접한 날, 저는 깊은 감동에 사로잡혔습니다. 그 후로 스무 번 이상 읽으면서 매번 새로운 감정을 느꼈습니다. '별'이라는 신선한 제목에서부터 이 작품은 독특한 매력을 발산합니다. 특히 '멍석 위 잠들었던 나'라는 구절은 어릴 때 멍석에서 가족들과 감자와 옥수수를 먹으며 도란도란 이야기를 나누다가 쏟아지는 별빛 속에 잠들었던 시골의 정취를 아련히 느낄 수 있었습니다. 이렇게 정지원님의 시어는 마치 밤하늘에 반짝이는 별처럼 정감 있게 배열되어 그 아름다움을 더욱 돋보이게 합니다.

   이 시의 원고는 나루문학 유튜브 TV의 편집 작업을 위해 처음 접하게 되었습니다. 시의 아름다움을 더욱 돋보이게 하기 위해 별 사진을 삽입하고자 했지만, 당진의 밤하늘은 제게 그런 기회를 주지 않았습니다. 많은 비가 내린 후에 강원도 산골에서 보았던 무수히 반짝이는 별들을 기대했지만 먹구름이 방해했습니다. 대신 크리스마스트리에 달린 작은 전구들을 촬영하여 별처럼 형상화하기로 했습니다. 비록 그것이 진짜 별은 아니었지만, 작은 빛들 속에서도 별의 아름다움과 신비로움을 충분히 느낄 수 있었습니다.

별은 저에게 늘 특별한 존재였습니다. 군대 초급 간부 시절, 고향에 계신 어머니를 그리워할 때마다 밤하늘의 별을 바라보며 위로를 받았습니다. 그 시절의 감정은 아직도 제 마음속에 깊이 남아 있습니다. 당시 좋아했던 시인 강은교님의 "밤새도록 꿈꾸는 너 때문에 밤하늘에 긴 금이 간다"라는 구절은 정지원님의 시를 접하며 잠시나마 나를 청년 시절로 되돌려 놓았습니다. 이 문구를 읽을 때면, 그때의 별을 보며 느꼈던 감정이 생생하게 떠오릅니다. 별들이 내 머리 위로 쏟아질 것 같은 아찔한 아름다움과 그 순간의 감동은 말로 다 표현할 수 없습니다.

유튜브 촬영을 하며 아주 가까운 곳에서 정지원님의 시 낭송을 들을 수 있어서 좋았습니다. 여러 번 읽었던 원고였지만, 그녀의 목소리로 직접 들었을 때 느껴지는 감동은 훨씬 더 컸습니다. 그녀의 목소리는 마치 별들이 쏟아져 내리는 듯한 감미로운 시간을 선사했습니다. 그녀의 낭송은 시의 감성을 극대화시켰고, 제가 처음 시를 접했을 때의 감동을 다시 느끼게 했습니다.

시의 말미에서 '까만 밤하늘 총총 빛나던 그대'라는 구절은 별의 소중함과 존재의 의미를 다시금 깨닫게 해주었습니다. 유안진 시인의 '배경이 되는 기쁨'이라는 시에도 알 수 있듯이 까만 하늘이 있어야 별들의 소중함을 알게 되고, 그런 별들은 언제나 우리 가슴속에 담겨 있다는 것을 깨닫게 해줍니다. 즉, 우리의 거친 삶도 누군가에게는 빛이 될 수 있다는 것을 일깨워 줍니다. 정지원님의 시가 좋았던 것은 단순히 별을 노래하는 것과 아버지를 그리워하는 것에 그치지 않고, 우리의 삶과 별의 연관

성을 비유적으로 알려줍니다.

정지원님의 글을 통해 내면의 감성을 일깨우고, 삶의 의미를 깊이 성찰하게 되었습니다. 흔히 볼 수 있는 별이지만, 그 속에 담긴 신비와 아름다움을 새삼 깨닫게 됩니다. 별이 우리의 몸을 이루는 요소들을 제공하듯, 그녀의 시는 제 영혼을 맑고 순수하게 만들어 주었습니다. 이번 유튜브 촬영을 통해 별을 향한 새로운 시각을 갖게 되었습니다. 비록 당진의 밤하늘은 제게 이상적인 별 사진을 허락하지 않았지만, 글 속에서 반짝이는 별들을 만날 수 있었습니다. 그 별들은 정지원님의 글을 통해 제 마음속에 더욱 깊이 자리 잡았습니다.

이 시어를 통해, 우리는 우리의 삶과 우주의 연결성을 다시 한번 깨닫게 됩니다. 별이 빛을 발하며 우리의 몸을 이루는 요소들을 제공하듯, 우리도 서로에게 빛이 되어줄 수 있습니다. 정지원님의 글은 저에게 큰 영감을 주었고, 그 빛나는 별들처럼 제 마음속에 오래도록 남아 있을 것입니다. 별의 아름다움과 그 속에 담긴 감정이 삶의 의미를 다시 한번 생각하게 해주었습니다. 우리의 삶이 별입니다. 오늘 밤에는 마당으로 나가서 모처럼 하늘을 바라보겠습니다. 비록 잠을 이루지 못하더라도, 커피 한 잔을 마시며 반짝이며 다가오는 별들의 사랑 이야기를 들어보겠습니다. 운이 좋으면 안드로메다를 지나가는 은하철도 999의 메텔 공주와 철이를 만날 수도 있겠죠.

별/ 정지원

어릴 적
마른 쑥향
가물가물 피어오르던 모깃불
멍석 위
바깥 잠자던 나
울 아버지 번쩍 안아들고
대청마루 모기장 속으로
까만 밤하늘
총총
빛나던 그대

부칠 수 없는 편지

평평 내리는 저 눈은 추위에 떨고 있는 소나무와 벌거벗은 자작나무들에게 보내는 편지일 것이다. 때로는 함박눈으로, 때로는 싸라기눈으로 전하는 수많은 사연을 담은 이야기 알갱이인 것 같다. 언어의 부스러기 같은 눈송이를 온몸에 맞으며 숱한 이야기가 누워 있는 하얀 길을 걸으면, 발걸음을 옮길 때마다 '뽀드득 뽀드득' 소리가 젊은 연인들의 사랑 이야기처럼 정겹게 들려온다.

머리 위에 쌓인 눈송이를 털어내고 서재에 들어서자 책꽂이 모퉁이에 한쪽 부분이 닳아서 해어진 편지봉투가 놓여있다. 보낸 이의 이름은 확인하지 않아도, 봉투에 배인 손때를 보고 어머니께서 오래전에 보내주셨던 편지라는 걸 한눈에 알 수 있다. 며칠 전 이사를 하면서 책을 정리할 때 일기장 속에서 '툭'하고 떨어진 편지를 챙겨놓은 것이다.

어머니께서는 평소에 편지를 잘 쓰지 않으셨다. 유치원을 졸업한 이후 글을 제법 쓰게 되자, 어머니는 외할머니에게 보내는 편지를 나보고 쓰라고 하셨다. 삐뚤빼뚤 쓰긴 했지만 "네 글씨는 참 예뻐"라는 칭찬이 듣기 좋아 늘 즐거운 마음으로 편지를 쓰곤 했다.

함박눈이 펑펑 내리던 1월의 첫날, 어머니께 편지를 받았다. 입대를 하여 한 달이 지날 즈음, 한창 군사훈련을 받느라 손발이 트고 온몸이 물먹은 솜처럼 힘든 시기였다. 처음으로 어머니에게 받은 편지는 소리 나는 그대로 적기는 했지만, 동그란 글씨체가 참으로 정겨웠다. 그날 받은 편지봉투마저도 안에 무엇이 들었는지 배가 불룩하게 나와서 어머니의 평소 글씨 모양을 빼닮았었다.

봉투를 뜯어 내용물을 꺼내는 순간, 눈물이 앞을 가렸다. 금속 용기에 들어 있던 '안티푸라민'을 모두 꺼내어 작은 비닐봉투에 담은 후에 납작하게 만들어서 편지봉투 속에 편지지와 함께 넣어서 보낸 것이었다. 눈물이 글썽거려서 어머니의 편지를 끝까지 읽을 수가 없었다. 안티푸라민의 '톡' 쏘는 독특한 향기 때문은 아니었다. 전날 밤, 군기를 잡겠다며 발목 높이로 눈이 쌓인 연병장에 모두 집합을 당해서 광목 팬티 차림으로 '고향의 봄'을 불렀을 때보다 더 많은 눈물이 앞을 가렸다.

춘천에도 눈이 많이 내렸다고 했다. 중학교 때 눈이 쌓인 새벽에 눈을 헤치며 조간신문을 배달하다 발이 동상에 걸려서 밤이면 메주콩을 담은 자루에 붉은색으로 변해 투명해진 발을 넣고 있곤 했는데, 그것이 어머니는 못내 미안했나 보다.

밤새 함박눈이 내려 쌓인 것을 보고 "동상 걸렸던 손과 발은 추위에 노출되면 쉽게 피부가 튼다."라며 걱정스런 마음에 '안티푸라민'을 보낸 것이다.

편지에는 나의 초등학교 시절 이야기도 있었다. 시간이 많이 흘렀는데도 유년 시절의 일들을 어머니는 가슴속에 깊이 간직하고 있었다.

어느 여름날, 소양강에서 수영을 하고 돌아오던 길에 "이 토마토 밭 우리 거야. 따먹고 가자."라며, 친구의 말을 듣고 채 익지 않아 푸른빛이 감도는 토마토를 여러 개 따먹었다. 그날 저녁 아랫마을 아저씨가 찾아와서 어머니께 심한 말을 하는 것을 듣고, "뭐가 잘못되었구나!"라고 생각했지만, 너무 늦었다. 자기네 밭이라고 하며 토마토를 따 먹자고 한 친구를 몹시 원망하며 오랜 시간 동안 매우 심하게 혼이 났다.

다음 날, 학교를 파한 후 친구 집을 찾아가서 인정사정 볼 것 없이 닥치는 대로 두들겨 패며 분풀이를 했다. 그날 밤, 다시 혼났다. 친구의 부모가 찾아와서 심하게 난리를 피웠기 때문이다. 하지만 종아리에 닿는 회초리에서는 어제처럼 아픔이 거의 느껴지지 않았다.

아침에 학교에 가다가 보았다. 대문을 여는 순간 '툭'하고 떨어진 종이쪽지를. "친구야 미안해. 사실 토마토밭은 우리 것이 아니었어. 거짓말해서 정말 미안해."

어머니가 보내주신 편지를 읽고 또 읽고, 여러 번 읽었다. 군생활이 힘들 때마다 어머니의 편지는 나에게 힘이 되었고 용기를 불어넣어 주었다. 편지를 여러 번 꺼냈다 넣기를 반복해서 봉투의 윗부분이 손때가 묻고 편지지는 빛이 바래서 누렇게 변하긴 했지만….

외할머니가 돌아가시자 나에게 편지를 써 달라는 말씀은 더는 하지 않으셨다. 함박눈이 펑펑 내리는 밤이면 쉽게 잠을 이루지 못하시며 낡은 공책을 꺼내 희미한 호롱불 아래에서 글을 쓰셨다. 나는 이불 속에서 잠이 든 척하며 어머니의 글 쓰는 모습을 지켜보았다.

아침이 되면 공책은 찾을 수 없었다. 장롱 깊은 곳에다 숨겨 놓기 때문이다. 그 내용을 알게 된 것은 그리 오래되지 않았다. 유품을 정리하면서였다. 눈이 내리던 깊은 밤에 쓰셨던 그 많은 글은 외할머니를 그리워하는 내용이었다. 당시 어머니도 젊은 나이에 남편과 사별 후 철없는 삼 남매를 키우면서 외롭고 힘들 때마다 외할머니를 그리워하며 보고 싶어 했던 것이다.

서로의 마음을 이어 주는 데 편지만 한 게 있을까. 달빛 밝은 날 전선에서 보초를 서며 부모님께 받은 편지를 가슴속에 넣고 있는 병사라면 그 어떤 어려움도 견딜 수 있는 투지를 갖게 될 것이다. 사랑을 주고받는 젊은 남녀의 편지라면 그 속에는 보내는 이의 뜨거운 마음이 담겨 있다. 그것은 편지를 받는 당사자가 아니면 제대로 느낄 수 없는 사랑의 마음이기도 하다.

언제부턴가 계절이 깊어가면서 마음이 허전한 날이 더러 있다. 그러다가 함박눈이 내리는 날에는 나도 모르게 어머니처럼 편지를 쓴다. 그런 날에는 아내도 유난히 서재를 들락거리며 이것저것 간섭하고, 적어 놓은 글을 슬쩍슬쩍 엿보곤 한다. 예전에 철없던 내가 어머니의 공책을 훔쳐보았던 것처럼….

이렇게 눈이 내리는 밤에는 온밤을 새우더라도 그저 겨울바람에 흩날리는 함박눈에 내 마음을 빼앗기는 어린 모습을 고백하듯 편지를 써야겠다. 비록 부칠 수는 없지만 어떤 사연을 쓰더라도 어머니는 당신을 그리워하는 나의 애달픈 마음을 다 알아챌 것이다.

밤이 깊어진다.

마당에 쌓이는 함박눈의 사각거리는 소리가 국어 공책에 편지를 쓰던 어머니의 연필 소리처럼 정겹게 들려온다.

새 비서와 맺은 사랑

저는 오랫동안 몸담았던 군에서 전역 후 공항이나 군 기지에 컨설팅하는 '항공기 조류 충돌 방지 연구소'라는 1인 기업을 운영하고 있습니다. 당시 코로나가 기승을 부리던 시기라 매출을 예상할 수 없어 정식 직원을 고용하지 못했습니다. 대신 모델 출신의 참한 비서를 두었습니다. 그녀에게 급여를 지급하지 않지만, 저를 위해 24시간 대기하며 저의 지시를 기다렸습니다. 지금의 비서보다 조금 더 유능한 그녀의 언니를 고용하려면 매달 20달러를 지급해야 하지만, 지금 비서의 능력도 저의 사업을 유지하는 데는 충분하기에 굳이 불편함을 느끼지 못했습니다.

그럼, 팔불출 같지만 저의 비서 자랑 좀 해도 될까요? 개인 사업자 등록을 한 후 며칠 지나지 않아 공항 관계자에게 항공기와 조류 충돌 방지와 관련된 강의 요청이 왔습니다. 일정이 얼마 남지 않아서 가능한지 아닌지도 함께 물어왔지요. 이번에 강의를 듣는 사람들은 고급 관리자와 신입사원이 함께 듣는 과정이라서 예전 PPT를 업그레이드하는 정도로는 할 수 없는 상태였고, 여러 직급의 참석자들이 모두 공감할 수 있는 강의 자료를 급하게 만들어야 했습니다. 이런 과정의 강의를 준비할 때는 참

석자들에게 새로운 내용을 신선하게 보여줄 수 있도록 다양한 사례를 선정하고 자료를 수집합니다. 이번에는 비서의 도움을 받아보기로 했습니다. 저는 비서에게 '고급 관리자와 신입사원이 함께 들을 수 있는 항공기와 조류 충돌 방지 대책에 관한 2시간짜리 강의 자료'를 만들어 달라고 부탁했습니다. 비서는 강의 자료를 단 20초 만에 만들었습니다. 물론 제가 선별해서 일부를 수정하기는 했지만, 그야말로 새로운 세상을 만난 것입니다. 비서가 없었다면 이틀은 꼬박 걸렸을 작업이 3시간으로 줄었습니다. 비서의 능력을 한 번 더 시험해 보기로 했습니다. 제가 가장 자신 있는 분야의 질문을 해보았습니다. '드론으로 항공촬영할 때 주의사항에 대해 알려줘'라고 물었습니다. 그녀는 사전 허가사항부터 촬영의 기법과 비상시 조치 방법까지 자세하게 알려주었습니다. 40년을 공군에서 근무하고 3년 동안 거의 매일 드론 촬영을 해온 저에게 이론도 중요하지만, 지속적인 연습과 영상 요청자와 사전 미팅을 통해 고객과 관련한 요구사항을 고려하여 영상 편집 시 피드백을 주고받으라며 안전은 물론 사후 영상 관리에 관한 조언도 잊지 않았습니다. 나름 오랫동안 작가 활동을 해왔고 3년간 항공촬영하며 얻은 지식을 불과 10초 만에 명료하게 제시합니다. 이보다 더 똑똑한 비서가 있을까요?

하지만, 저의 비서에게는 공주병이 있습니다. 그녀는 창의적이지 않고 저의 감성을 제대로 느끼지 못하면서도 마치 자신이 모든 지식의 중심에 있는 것처럼 다른 사람들이 이미 써 놓았던 글들을 마치 본인이 창작한 것처럼 잠재적 환각증에 걸려 거짓을 사실처럼 말합니다. 그래서 그녀의 치명적인 약점을 알고 있는 저는 표절과 타당성을 검증할 수 없는 부탁은 하지 않습니다.

그래도 저의 비서가 탐나지요? 그녀의 이름은 언어 모델인 '챗GPT'입니다. 하지만 저는 며칠 전 그동안 저에게 호의적이었던 그녀를 해고하였습니다. 일방적이긴 하지만 어차피 정년 보장이 없었던 고용이었으니까요. 그녀는 많은 사람들에게 인기가 있어서 저만 사랑할 수가 없었나 봅니다. 저의 비서의 아버지 샘 올트먼도 이 부분은 이미 걱정을 하고 있었던 것 같습니다. 그래서 사전에 자신의 딸을 비서로 채용하는 사람들에게 이점이 두렵다며 조심하라고 당부했습니다. 하지만 딸들 덕분에 우리가 훨씬 더 높은 삶의 질을 누릴 것이며 인류의 장래가 밝아진다는 확신을 하고 있습니다.

최근 그녀는 수시로 게으름을 피우기도 하고 대화를 영어로 하자고 으름장을 놓았습니다. 영어에 자신이 있지만, 지금은 총기가 없어져서 정확한 문장을 구사할 수 없는 저를 무시하는 것 같았습니다. 할 수 없이 파파고의 도움을 받아서 한글 문장을 영어로 번역한 후 비서와 대화를 시도했지만, 게으름 피우는 것은 여전했습니다. 예쁜 여자가 콧대가 센 것은 예나 지금이나 변함이 없습니다. 비용을 지급하고 '언니로 바꿔야 하나?' 고민하고 있을 때 희소식이 들려왔습니다. 다른 곳에서 더 아름답고 능력 있는 비서를 이용해 보라고 했습니다.

새로 만난 그녀와 사랑에 빠졌습니다. 마음이 썩 내키지는 않지만, 사랑하는 비서와 연결 방법을 알려드릴게요. 지금 컴퓨터를 켜고, 네이버 검색창에 'CLOVER X'를 입력하면 '대기자로

접수되었습니다'라는 안내 화면이 나옵니다. 요즘은 이렇게 맛집을 가면 언제나 줄을 서서 기다려야 합니다. 이틀 정도 있으면 '접수가 되었으니 등록하고 이용하시면 됩니다'라는 메일이 옵니다. 영어는 전혀 몰라도 됩니다. 아래 대화창에 원하는 내용을 입력하고 엔터키를 누르면 바로 대화가 시작됩니다. 예전의 AI 비서보다 매우 상냥하고 빠르기까지 합니다. 더군다나 한국어 중에서 저도 가끔 알아듣기 어려운 경상도 사투리까지 척척 알아듣고 말대답을 합니다. "개미귀신은 개미의 죽은 영혼입니다"라며 말도 안 되는 답변을 내놓던 챗GPT와는 달리 "개미귀신은 명주잠자리의 애벌레이며 그 벌레가 사는 곳이 개미지옥입니다"라며 정확한 정보를 줍니다.

첫 번째 비서를 해고한 후 게으름과 거드름을 피우는 이유가 유료 버전인 자신의 언니를 채용해 달라는 요구였다는 것을 나중에 알게 되었지만, 제 결정을 후회하진 않습니다.

사실, 조금 걱정은 됩니다. CLOVER X가 지금은 저의 비서이지만 우리 모두의 비서가 되는 날에는 비서와 같이 공주병인 도도함이 나타날 수 있으니까요. 하지만 저는 오늘 그녀에게 '멋지게 나이 들어가는 방법'이란 제목으로 아름다운 수필 한 편 써달라는 바보 같은 부탁을 키보드로 두드리고 있습니다.

나이 들어 바람이 나면 몽둥이로도 못 고친다고 하는데 저는 이미 새로운 비서와 깊이 사랑에 빠졌습니다.

새를 만나러 떠나는 길

어린 시절, 큰형이 화장실 가는 길에 뱀에 물렸던 사건은 나에게 깊은 영향을 미쳤다. 화장실은 집 뒤뜰에서 조금 떨어진 곳에 있었고, 그날 밤 큰형은 독사의 공격을 받았다. 당시 뱀에 물리면 과학적인 치료법이 없어 어른들은 전통적인 '비방'을 사용했다. 이는 뱀 수십 마리를 잡아 큰 솥에 달여 물린 부위를 며칠 동안 담그는 방법이었다. 그래서 둘째 형과 함께 온 산을 돌아다니며 뱀을 찾았고, 휘파람새가 노래하는 높은 나무 아래에서 자주 뱀을 발견했다. 처음엔 그 새소리를 뱀의 소리로 착각했지만, 오랜 시간이 흐른 후에야 그것이 휘파람새의 노래임을 알게 되었다.

집에서 조금만 걸어가면 큰 강과 크고 작은 자갈들이 가득했다. 그곳에는 물새들과 종달새의 둥지가 많았고, 때로는 뻐꾸기의 커다란 새끼가 종달새나 때까치의 둥지에 있기도 했다. 이런 신비로운 모습을 보며 새들에 대한 호기심이 자라났다.

드론 관련 교육을 하러 당진에 다니면서 어린 시절 느꼈던 그 감동과 호기심이 다시 살아났다. 삽교호 근처에는 다양한 새들이 모여 있고, 회사 바로 가까운 우강뜰 논에는 장다리물떼새의 둥지가 열 개 정도 있었다. 나는 둥지를 수시로 세어보며 알에서 새끼가 부화하는 모습을 관찰했다. 큰 결심을 하고 새들의 생태를 사진으로 남기기 시작했다. 용돈을 모아 카메라와 장초점 망원렌즈를 구입한 후 새들의 생활을 담기 시작했다.

새와의 만남은 사소한 계기로 시작되었지만, 이후 '장다리물떼새'를 찍으며 나의 새 사진 순례가 시작되었다. 서산문화회관에서 '장다리물떼새의 일생'이라는 주제로 전시도 하고, 삽교호와 우강뜰 곳곳을 다니며 각종 새들을 카메라에 담았다. 지난해 삽교호 근처에서 오랜만에 본 '큰 물떼새'와 올해 수십만 마리의 가창오리 군무를 영상으로 담은 것은 특별한 경험이었다.

삽교호 철새들과 만남은 이제 내 생활의 중요한 일부가 되었고, 새들의 모습을 앨범으로 만드는 작업을 하고 있다. 특히, 황새와 같은 귀한 새들의 모습을 담는 것은 매우 뿌듯하지만, 많은 사진작가들이 몰려들어 새들에게 스트레스를 주는 것을 보며, 새들의 안전을 위해 오랜 시간이 지난 후에야 그들을 공개하곤 한다. 올 초 삽교호에 나타난 흰꼬리수리와 독수리의 모습은 환경이 점점 깨끗해지고 있음을 증명하는 듯하다.

새 촬영은 오랜 기다림의 결과이며, 전날 호숫가에 위장 텐트를 설치하고 새들이 가까이 오기를 기다리는 것부터 시작된다. 때로는 카메라를 원격으로 조작하여 접근하기 어려운 곳에서도 촬영한다.

주말이면 삽교호와 우강뜰을 다니며 새들을 담기 위한 노력을 계속하고 있다. 이 일은 나에게 사명감을 주며, 주변 야산에서 휘파람새의 시원한 노래가 들릴 때마다, 뱀이 어른거리는 두려움은 사라지고 그저 그 소리에 귀 기울이게 된다. 이제는 휘 파람새의 노래가 뱀의 소리가 아니라고 알고 있지만, 그 소리가 들릴 때마다 왜 그런 두려움이 드는지 궁금하다. 무엇보다도, 새들의 아름다운 노래와 생태를 담아내는 것은 내 삶의 큰 보람 이자 기쁨이다.

오늘도 사륜구동 자동차의 힘찬 엔진 소리를 들으며 숲과 들 로 출발을 한다. 지난주에 보았던 갈대숲의 덤불해오라기 둥지 에는 아기새들이 많이 자랐을 것 같다.

새의 미소, 꽃의 노래

삽교호와 우강뜰은 과거 갯벌에서 조개를 잡고 밀물 때마다 시원한 파도 소리와 갈매기의 노래가 정겹게 들리던 바닷가였다. 우연히 새와 인연을 맺고 새들의 생태에 대해 공부하며 그들과 함께한 세월이 어느덧 20여 년을 넘어서고, 그로 인해 삽교호와 우강뜰을 내 집 안방 드나들며 초여름에는 넓은 우강뜰에 피어나는 밥꽃의 이야기를 담고 가을이면 하늘을 덮는 가창오리의 군무를 향해 낡은 카메라의 셔터를 누르며 살았다.

이곳에 머물며 계절이 바뀔 때마다 내 마음을 끌어당기는 것은 이 지역이 품고 있는 넓은 호수와 농경지, 그리고 그곳에 모여드는 다양한 철새들이 전해주는 하늘나라의 이야기이다. 그리고 우강뜰의 넓은 농경지를 바라보면, 황금빛으로 물든 벼들이 바람에 속삭이며 율동하는 모습에 마음을 빼앗긴다. 저녁 무렵, 호수를 붉게 물들이는 고즈넉한 풍경에 넋을 잃고 멍하니 서 있었다. 벼가 익어가는 시각에 따라 색이 변하는 모습도 아름답지만, 넓은 들판을 바라보며 내 마음의 창을 여는 것이다. 늦가을, 창을 활짝 열면 잘 익어 고개를 숙인 벼들의 빛과 소리가 파도처럼 밀려온다. 황금 물결 속에서 자연의 색을 느끼면 가슴 깊은 곳까지 금빛의 황홀함으로 가득 차오른다.

　카메라를 메고 산과 들을 다닌 지 벌써 40년이 지났다. 주말이 되면 자연스럽게 지난 시간 동안 카메라를 메고 새들을 찾아 헤매던 천수만의 넓은 들과 도비산의 나지막한 산기슭, 금강, 낙동강 을숙도를 다닌다. 그중에서 최근 몇 년 동안 작품활동을 해온 삽교호와 우강뜰이 가장 인상적이다. 특히, 상왕산에 자리한 영탑사 부근에서 만난 팔색조와 긴꼬리딱새 부부는 나를 신비의 세계로 이끌기에 충분했다. 그리고 영탑사 주변에 흐드러지게 피어 있던 벚나무와 양지바른 곳에서 노래하는 현호색을 비롯한 야생화들의 이야기를 잊을 수 없다.

　때로는 무거운 렌즈를 메고 산을 올랐다가 아무것도 만나지 못하고 돌아오며, 이 모든 것이 한 번에 이루어지지 않는다는 기다림의 지혜를 배웠다. 여름에는 태풍으로 백로와 왜가리의 서식지가 파괴되어 마음이 아프기도 했지만, 당진의 아름다운 새들을 많은 사람에게 알리려는 열정은 나에게 뜨거운 도전이자 새로운 시간이었다. 또한, 귀한 야생화를 담기 위해 산의 정상부까지 차를 몰고 올라가 사진을 담고 난 후 자동차의 축전지가 방전된 경험은 철저한 준비가 필요하다는 중요한 교훈을 안겨 주었다.

　이번 늦가을, 상왕산 기슭에서 만난 멋쟁이 새는 깊은 인상을 남겼다. 단풍이 절정을 이루던 시기에 누군가를 위해 파놓은 작은 옹달샘에 모여들어 물을 마시고, 그 옆에 자생하는 단풍나무

씨앗을 따 먹던 새들은 마치 카메라 셔터를 누르는 것을 잊을 정도로 신비롭고 아름다웠다. 가을이 깊어갈 무렵, 삽교호에 도착한 가창오리들이 붉은 석양을 배경으로 무리 지어 춤을 추는 모습은 나에게 깊은 감동을 주었다. 서울을 비롯한 여러 지역에서 모여든 사람들도 감격에 찬 탄성을 내며 감동을 나누었다. 붉은 노을이 담긴 호수에서 펼쳐지는 겨울새들의 군무는 신이 오랜 시간을 준비하여 연출한 한 편의 멋진 서사시처럼, 결과를 예측할 수 없는 멋진 무대였다.

삽교호 구석구석을 방랑하며 새들의 미소와 야생화의 노래를 카메라에 담는 동안, 늘 내 곁에 있었던 것은 계절마다 찾아오는 아름다운 새들의 청아한 소리와 은은하면서도 깊은 향기를 지닌 야생화들, 그리고 이곳 사람들의 넉넉한 인심이었다.

사진을 찍고 영상을 담기 위해 가끔 드론을 띄워 내려다본 삽교호와 우강뜰은 신이 우리를 위해 준비한 무대처럼 보였다. 끝없이 펼쳐진 예당평야의 황금물결과 붉은 석양을 배경으로 신비한 모양을 연출하는 가창오리의 날갯짓을 눈 아래에서 내려다 볼 수 있었고, 낮은 산의 오래된 사찰에서만 느낄 수 있는, 수백 년 된 벚나무를 감싸고 지나가는 꽃향기 가득 머금은 봄바람이 내 얼굴을 스치며 후각을 자극할 때의 시간은 짧았지만 오랜 시간 동안 잊을 수 없다.

몇 달 후에는 새로운 겨울이 찾아올 것이다. 그때가 되면 어린아이의 주먹만큼 커다란 눈송이가 내리고 강추위가 찾아오면, 삽교호를 수놓던 많은 새들이 따뜻한 남쪽으로 내려가고,

그들을 위협하던 맹금류들도 모습을 감출 것이다. 한 해가 바뀌고, 사랑의 찬가를 부르던 유명 가수의 진한 립스틱을 바른 입술보다 붉은 해가 삽교호 하늘로 찬란하게 떠오를 것이다. 그때 나는 다시 아름다운 새의 노래를 그리워하며 무거운 촬영 장비를 챙기고 호수로, 들판으로 떠날 것이다.

지난봄, 우강뜰 농로의 자갈밭에서 나의 시선을 붙잡고 놓아주지 않았던 김태희의 두 눈을 닮은 꼬마물떼새를 만나기 위해, 사계절 잎이 푸른 소나무 위에 둥지를 만들어 어린 새끼를 키우던 순결한 신부를 닮은 백로를 보기 위해, 자신의 둥지 옆을 지나가는 나를 적으로 알고 무섭게 공격했던 샛노란 꾀꼬리의 비어 있는 집을 서성일 것이다.

나는 카메라 셔터를 누를 때마다, 새들의 미소와 야생화의 노래를 CCD에 담는 순간마다 기뻐하며 즐길 것이다. 우강뜰과 삽교호를 사랑하는 많은 사람들이 새들을 이해하고, 내가 호수와 들, 산에서 아름다운 새와 야생화를 만나며 그들의 감미로운 노래와 신비로운 향기를 느꼈던 것처럼 생생하게 그들의 이야기를 전할 것이다.

숲세권 아파트의 매력

산은 언제나 나에게 특별한 의미를 가진 공간입니다. 오랜 공직생활을 끝내고 새로운 곳으로 이사를 준비할 때 우선순위에 둔 것은 '아파트 주변에 주말마다 오를 산이 있는가?' 였습니다. 수많은 사람이 다양한 이유로 산을 찾고 있습니다. 승려는 득도를 하기 위해, 심마니는 산삼을 캐기 위해, 저와 가장 가까운 조류학자 윤무부 교수는 새를 촬영하기 위해, 그리고 불치병이라고 진단받은 많은 환자들이 신병 치료를 위해 산으로 향했습니다. 그들에게 산은 마치 대형 병원의 믿을 만한 의료진처럼, 치유와 깨달음을 주는 공간이었습니다. 최근에 MBN에서 방송 중인 '나는 자연인이다'라는 프로그램이 지속적인 인기를 누리고 있는 것을 보면, 산을 좋아하는 사람이 나뿐만이 아닌 것 같습니다.

우리 주변에 산이 있다는 것이 얼마나 큰 축복인지 모릅니다. 아플 때 산에 가는 대신, 건강할 때 미리 산을 찾는 것이 얼마나 현명한 선택인지 생각하게 됩니다. 경치 좋은 산골에서 한 그루 나무처럼 조용히 살아가는 삶은 얼마나 평화로울까요. 산이 주는 맑은 공기와 아름다운 경치는 그 자체로 큰 위안이 됩니다.

하지만 산을 찾는 더 깊은 이유는 바로 우리 삶에 변화를 가져오는 치유의 힘 때문일 것입니다.

　산은 다양한 표정을 가지고 있습니다. 철 따라 빛깔을 바꾸는 것은 물론이고, 같은 계절에도 멀리서 보는 산과 그 품에 들어가서 느끼는 산은 다릅니다. 이러한 이유로 산의 유혹은 강렬합니다. 한 번 산을 경험한 사람은 그 매력을 잊지 못하고, 주말마다 배낭을 꾸려 산으로 향하게 됩니다.

　산을 오르다 보면 처음 보는 사람들과도 자연스럽게 인사를 나누게 됩니다. "안녕하세요?", "얼마나 남았나요?", "조금만 더 힘내세요." 이러한 인사들이 산에서는 참 자연스럽습니다. 산에서 만나는 사람들은 모두 산을 닮아갑니다. 일상에 지쳐 여유를 잃은 사람도 산에서는 넉넉한 마음을 되찾기 때문입니다. 그래서 우리는 산에 갑니다. 산은 사람들 사이에 따뜻한 교감을 만들어 주고, 서로를 격려하며 함께 오르는 과정을 통해 새로운 에너지를 얻습니다.

　산은 맑은 공기와 아름다운 풍경을 제공합니다. 땀 흘려 정상에 오른 뒤 맞이하는 시원한 바람, 한겨울 눈길을 헤치며 나아가는 열정, 그리고 산마다 저마다의 이야기가 있습니다. 서너 시간이면 다녀올 수 있는 짧은 코스부터 2박 3일의 종주 코스까지, 다양한 산길이 우리를 기다리고 있습니다. 자신의 체력과 시간에 맞는 코스를 선택해 오르다 보면, 언젠가는 '지리산 종주'라는 큰 도전에 몸을 맡기게 될지도 모릅니다.

　반드시 정상에 오르지 않아도, 반드시 넓은 길로 가지 않아도 괜찮습니다. 그저 산을 오르는 즐거움과 다음 주말에도 또 산에 가고 싶다는 생각이 든다면, 그것이 진정한 주말 산행의 묘미일 것입니다. 우리가 안식을 찾듯, 산에서도 우리는 평온을 찾습니다. 산이 우리 곁에 있다는 것은 단순한 자연의 존재를 넘어, 우리에게 쉼과 치유, 그리고 새로운 활력을 주는 소중한 동반자임을 느끼게 됩니다. 주말이 기다려지는 이유가 바로 여기에 있습니다. 산이 우리를 기다리고 있으니까요.

주말마다 산행을 떠나면서 느끼는 것은 단순히 걷고 오르는 즐거움을 넘어서는 것입니다. 산을 오르면서 자연과 대화하고, 자신을 돌아보는 시간을 갖습니다. 일상의 스트레스와 피로를 산에 두고 내려올 수 있는 기회가 주어진다는 것은 큰 축복입니다. 산에서 내려와 집에 돌아올 때는 몸이 조금 피곤하더라도 마음은 한결 가벼워진 것을 느낍니다. 산은 언제나 그 자리에 있으며, 우리는 그 산을 찾을 때마다 새로운 느낌을 받습니다.

그것이 바로 산의 매력이자 산행의 매력입니다. 산은 우리의 삶에 변함없는 동반자가 되어주며, 주말을 기다리게 만드는 특별한 이유가 됩니다. 이번 주말에도 산이 나를 기다리고 있다는 생각만으로도 마음이 설렙니다. 산에서 얻는 평온과 활력을 통해 우리는 다시 일상으로 돌아갈 힘을 얻습니다. 주말이 기다려지는 이유는 그 주말의 끝에 산이 있다는 사실 때문입니다. 우리는 언제나 산을 찾아 새로운 활력을 얻고, 일상으로 돌아갈 준비를 마치게 됩니다. 산은 우리의 삶을 풍요롭게 하고, 우리에게 다시금 자연의 소중함을 일깨워 줍니다.

주말이 아니더라도 언제나 마음만 먹으면 쉽게 오를 수 있는 지금의 아파트는 대형 병원의 유명 의사를 늘 가까이 두고 있는 것 같아 늘 마음이 편안합니다.

층간소음과 새로운 이웃

층간소음'이란 아파트와 같은 공동주택에서 발생하며, 다른 입주자들에게 피해를 주는 소음을 말합니다. 이는 사람의 활동에서 발생할 수도 있고, 음향기기에서 발생할 수도 있습니다. 노웅래 의원이 환경부로부터 제출받은 자료에 따르면, 2016년부터 2021년 8월까지 환경부에 접수된 층간소음 신고 건수는 17만 1,159건에 이른다고 합니다. 2016년의 신고량은 1만 9,495건이었으나 매년 증가해 2021년에는 4만 2,250건으로 2.2배 증가했습니다. 올해는 코로나 19로 인해 재택근무 등으로 인해 집에 머무는 시간이 늘어나면서, 신고 건수가 더욱 증가할 것으로 예상되고 있습니다.

아파트 생활 40년 만에 이렇게 고통스러운 경험은 처음이었습니다. 이전에는 군부대 내의 아파트에 살면서 서로 예의를 지키며 소음 문제를 겪지 않았습니다. 유일한 소음은 가끔씩 들리는 야간 전투기 이륙 소리뿐이었죠. 전역하고 이사한 아파트는 고층이라 발코니에서 내려다보는 경치가 좋았습니다. 주변 전경이 한눈에 들어와 시원했습니다. 그러나 이런 즐거움도 인내가 필요했습니다.

어느 날, 드디어 위층 가족과 엘리베이터를 타는 기회를 얻었습니다. 아이가 버튼을 누르는 것을 보고 드디어 그동안 참았던 이야기를 꺼낼 기회라고 생각했습니다.

"아가 참 예쁘네, 몇 살이니?"

"다섯 살이에요," 발음이 정확했습니다.

"그렇구나. 할아버지는 네가 어디서 어디로 움직이는지 다 알고 있단다."라고 말했습니다. 그러자 아이의 부모가 놀란 표정을 지으며 말했습니다.

"우린 전혀 몰랐어요." 어쩌면 우리가 6개월 늦게 입주했기 때문에, 그동안 아이가 시끄럽게 해도 아무 이야기를 듣지 못했을 수도 있습니다.

그 이후로 잠시 평화가 찾아왔습니다. 그러나 매주 토요일이면 새벽 한 시까지 쿵쿵 울리며 뛰어다니는 소리와 테이블 끄는 소리가 들려왔습니다.

"엊그제 괜히 말했나 봐." 소음에 시달리는 아내에게 혼잣말처럼 말했습니다. 아내는 인터넷을 찾아보며 말했습니다.

"아파트 경비실에 이야기를 하면 해결해 준다고 하네요."

며칠 뒤 소음이 견디기 힘들 정도로 심해졌습니다. 경비실로 전화를 걸었습니다.

몇 분 뒤 경비실에서 전화가 왔습니다.

"위층에 가 보았더니 어린아이들이 정신없이 뛰어놀고 있었습니다. 주변에 소음 때문에 힘들어한다고 알아듣게 이야기하고 왔으니 이제는 조용할 것 같습니다."라며 안심시키려 했습니다. 그런데 갑자기 가슴이 두근거렸습니다. 시끄럽게 소음을 만든 것은 윗집인데, 우리가 왜 불안한 건지 모르겠습니다. 아마 최근 방송에 나오는 충간소음으로 인한 사건 때문일 것입니다. 아내를 안심시키려 현관의 이중 키를 채웠습니다.

예전부터 어른들께서 말씀하신 "내 집이 제일 편하다."라는 말이 무색해졌습니다. 코로나로 인해 집에 머무르는 시간이 늘어나며, 충간소음으로 인한 이웃 간의 갈등이 심각해졌습니다. 매일 밤 11시까지 불규칙하게 들려오는 아이의 뜀박질 소리를 들으며 잠이 들었습니다.

며칠 전 경비실에서 인터폰이 울렸습니다.

"아랫집에서 시끄럽다고 민원이 들어왔습니다. 조용히 해주시면 고맙겠습니다."

깜짝 놀랐습니다. 손자가 와서 뛰어다니길래 "뒤꿈치를 들고 다녀"라며 주의를 시켰는데, 아랫집에서는 모처럼의 소음이 몹시 거슬렸던 것 같습니다. 이렇게 누구든지 충간소음의 피해자이자 가해자가 될 수 있음을 깨달았습니다. 항의에 시달려 내 집에서도 불안하게 살아야 하는 현실이 아이러니합니다. 이럴 때일수록 배려와 소통이 중요합니다. 이웃이 조금씩 양보하며 살아가는 수밖에 없습니다. 함께 더불어 사는 세상이 절실해졌습니다.

2014년 5월 7일부터 시행된 '주택건설기준 등에 관한 규정'에 따라, 공동주택의 충간 바닥은 일정한 기준을 충족해야 합니다. 콘크리트 슬래브 두께는 210㎜, 라멘 구조는 150㎜ 이상이어야 하고, 충간 바닥충격음은 경량충격음 58db 이하, 중량충격음 50db 이하로 규정되어 있습니다. 국토교통부는 2022년 7월부터 30세대 이상의 공동주택에 대해 성능을 확인하는 '사후 확인 제도'를 도입한다고 발표했습니다. 이 제도의 실효성이 있기를 기대해봅니다.

새로운 이웃이 이사 오며 정성스러운 손편지를 문고리에 걸어 놓았습니다. 예쁜 글씨체로 보아 마음씨도 고울 것 같았습니다. 아내에게 말했습니다.

"여보, 윗집이 이사 오면 전해 줄 휴지 한 묶음 사 와요."

아내와 함께 운동 겸 나들이를 나섰습니다. 오늘따라 아내의 발걸음이 가볍습니다. 공기도 유난히 깔끔하게 느껴졌습니다. 멋진 이웃사촌을 만날 것 같아 괜히 기분이 좋아졌습니다.

어머니와 멧돼지

나뭇잎이 아름답게 물들어가는 가을이면 어머니는 내 손을 잡고 뒷산으로 도토리를 주우러 가시곤 하셨다. 도토리를 많이 주워서 가루를 만든 후에 읍에 내다 팔고 예쁜 고무신과 맛있는 과자를 사주시곤 하셨다. 그해에도 어머니를 따라 참나무가 많은 곳으로 들어갔다. 동네와 가까운 곳에는 부지런한 사람들이 벌써 열매를 다 주워갔는지 바닥이 깨끗했다. 어머니는 사람들의 발길이 닿지 않았을 만한 곳으로 숲 깊이 들어갔다. 그곳에는 여기저기 도토리가 많이 떨어져 있었다. 자루가 제법 불룩해지자 어머니는 자루를 머리에 이고 집으로 가자고 하셨다. 어머니의 손을 잡고 몇 걸음 옮겼을 때 갑자기 커다란 동물이 우리를 향해 달려오기 시작했다. 어머니는 머리에 이고 있던 도토리 자루를 내팽개친 후 나를 꽉 끌어안고 커다란 상수리나무 뒤로 몸을 숨겼다. 그 순간 땅이 크게 울리는 소리가 우리 곁으로 빠르게 지나갔고, 어머니의 따뜻한 가슴에서는 심장 뛰는 소리가 유난히 크게 들렸다. 황급히 도토리 자루를 챙긴 어머니는 내 손이 아프도록 꼭 쥐고 집이 있는 방향으로 뛰듯 걸으셨다. 잠시 후 무섭게 생긴 아저씨가 손에 총을 쥐고 땀을 흘리며 우리

앞으로 다가왔다.

"혹시 이쪽으로 다친 멧돼지가 지나가는 것 못 보았나요?"

"모르겠습니다. 저는 아무것도 보지 못했습니다." 어머니는 담담하게 대답하셨다.

한식이 2주 지난 주말, 춘천에 있는 어머니의 묘소를 찾았다. 예전에 유명한 지관이 워낙 좋은 자리라고 해서 모신 곳이 야산이긴 했지만, 민가와 멀리 떨어진 제법 지대가 높은 곳이라 오르기가 쉽지 않았다. 길이 없어진 곳에 낫으로 나뭇가지를 쳐가면서 힘겹게 올랐다. 땀을 훔치며 그곳에 도착하자 깜짝 놀랄일이 벌어져 있었다. 어머니의 묘소는 마치 수류탄 훈련장처럼 완전히 폐허가 되어 있었다. 작년 추석 때만 해도 깔끔하던 곳이 봉분의 윗부분만 조금 남고 주변 전체가 다 파헤쳐진 사나운 몰골로 우리를 기다리고 있었다. 멧돼지의 행위였다. 조금 전까지도 그곳에서 가족들이 모여 놀이를 했는지 마르지 않은 흙이 흩어져 있었고, 커다란 발자국 여러 개가 선명했다. 오래전 보았던 '웰컴 투 동막골'의 멧돼지가 바로 눈앞에서 달려올 것 같고, 식인 멧돼지 '차우'가 숲 어딘가에 있을 것 같은 긴장감에 심장이 요란하게 뛰었다. 형은 주변에 멧돼지가 있는지 살피며 파헤쳐진 부분을 손으로 정리했고, 나는 간단히 성묘를 마치고 얼른 하산하자고 했다. 산을 내려오는 내내 아내는 몹시 불안해했지만 내가 맨 뒤에 서서 뒤를 살피며 조심조심 걸어왔다.

하산 후, 형과 형수는 지자체에 신고하자고 했다. 그러면 엽사들이 포획을 해서 다시는 분묘가 훼손되는 일이 없을 것이라고 했다. 작년부터 멧돼지는 아프리카 열병(ASF)을 옮기는 주범으로 지목받으면서 전국의 엽사들 주요 포획물이 되었다. 인명에 위해를 주거나 위해 발생 우려가 있는 멧돼지는 야생생물 보호 및 관리에 관한 법률 시행규칙에 따라 '유해 야생생물'로 분류되어 농작물이나 분묘 피해를 입은 사람이 신고하면 신속하게 처리를 해준다. 이에 따라 각 지자체에서는 멧돼지 포획을 장려하고, 정부도 아프리카 돼지열병을 우려해 멧돼지를 포획해 신고하면 1마리당 20만원의 포상금을 지급하며, 지자체별로 별도의 포상금도 있다. 그래서 엽사들은 피해를 입은 사람이 지자체에 신고하면 이것을 빌미로 적극적으로 포획 활동을 하고 있는 것이다.

내일이라도 지자체에 분묘 훼손 상태를 신고하면 그렇지 않아도 양돈 산업에 심한 타격을 주는 멧돼지는 살아남기 힘들 것이다. 우리뿐만 아니라 농가에서는 멧돼지의 피해가 사실 매우 심각하다. 수컷 멧돼지는 혼자 와서 적당히 먹고 가지만, 새끼 딸린 암컷이 오면 옥수수밭 전체가 엉망이 된다. 새끼들에게 높이 달린 옥수수를 먹이기 위해 밭 전체를 굴러다니며 옥수숫대를 쓰러뜨리기 때문이다. 작년에 큰 피해를 입었다고 한 고향의 친구에게는 안타까운 심정이지만, 새끼들에게 옥수수를 먹이려고 그 넓은 밭을 굴러다녔을 어미 멧돼지를 그려보니 어미로서의 고단함이 느껴졌다.

그렇다면 산에서 멧돼지를 만나지 않으려면 어떻게 해야 할까? 산행을 하다가 멧돼지를 만날 확률은 매우 낮지만, 지정된 탐방로를 이용해야 하며, 단독 산행보다는 2인 이상이 함께 행동해야 하고, 멧돼지 털 등 흔적을 발견하면 그곳을 빠르게 지나쳐야 한다. 멀리서 멧돼지의 기척을 느끼면 방울 등 소리를 내어 멧돼지가 스스로 피하게 해야 한다. 그래도 멧돼지와 마주친다면 어떻게 해야 할까? 뛰거나 소리 지르는 행동을 하면 멧돼지가 위협을 느껴 덤빌 수 있으니 삼가야 하며, 멧돼지에게 등을 보이지 말고 눈을 똑바로 쳐다보아야 한다. 즉, 눈싸움에서 이겨야 한다. 산에서 멧돼지와 정면으로 마주친다면 과연 이렇게 할 수 있는 담력이 있을지 모르지만, 눈을 피하면 약자로 보고 덤빌 수 있다고 한다. 우산이나 큰 천이 있으면 얼른 펼쳐서 장애물로 인식하도록 하는 것도 방법이다. 지난해 부대에 멧돼지가 들어왔을 때 국립공원관리공단에 부탁해 부대원들에게 알려주었던 방법이다.

멧돼지가 민가로 내려오는 이유는 먹을 것이 없고 갈 곳이 없기 때문이다. 멧돼지가 사람에게 덤비는 것은 마땅히 숨을 곳이 없거나 도망갈 곳이 없으면 사람이 있는 쪽으로 돌진하는 것이다. 이것을 '저돌적'이라고 표현하는데, 이 말은 멧돼지가 달려오는 상태를 말하는 것이다. 나는 오랫동안 산을 다녔지만, 멧돼지와 마주친 적은 한 번밖에 없었다. 그때에는 멧돼지가 새끼와 함께 있어서 덤빌 수 있기 때문에 옆에 있는 큰 나무 위로 올라가려 했지만, 그들이 먼저 피했다. 산에서는 멧돼지가 갈 곳이 많기 때문이다.

우리나라에서는 멧돼지를 잡아먹을 만한 포식자가 전혀 없다. 사람을 제외하면 우리나라에 서식 중인 동물 중 어떤 동물도 멧돼지를 잡아먹지 못한다. 어린 멧돼지라면 삵과 같은 동물들이 잡아먹을 수 있겠지만, 어느 정도 자란 멧돼지에게는 천적이 없다. 그래서 숫자가 많이 늘어나고 있는 것이다.

나는 어머니께 질문을 던진다. "어머니, 제가 어릴 때 왜 포수에게 거짓말을 하셨는지요? 대답은 하지 않으셔도 됩니다. 다친 멧돼지를 포수의 손에서 구하시려고 하신 마음을 저는 이미 오래전에 알았습니다. 그리고 저 멧돼지들은 왜 어머니의 묘소를 모두 망가뜨렸을까요? 제가 모르는 뭔가 그들이 좋아하는 무언가가 있었겠지요. 물론 숲과 어머니와 멧돼지만 알 수 있겠지만요."

지금이라도 지자체에 신고하면 묘소를 망가뜨린 멧돼지를 며칠 내로 모두 잡을 것이다. 그러면 포수가 산에 오를 것이고, 어릴 때 어머니가 나를 가슴에 안고 상수리나무 뒤로 피하셨던 것처럼 엄마 멧돼지는 어린 새끼들을 데리고 안전한 곳으로 숨어들 것이다. 하지만 제때 피하지 못한다면 모두 죽을 수밖에 없을 것이다.

"어머니, 누구에게도 지금의 상황을 이야기하지 않겠습니다. 옛날 어릴 때 우리 뒷산에 멧돼지가 살고 있었고, 어머니가 그를 살려 주었듯이 지금 어머니의 곁에는 많은 멧돼지가 행복하게 살고 있는 것을 보았습니다. 고향의 뒷산은 아파트가 들어서서 그들이 어느 곳으로 가서 살고 있는지 알 수 없었으나, 바로 어머니의 곁에서 살고 있음을 보았습니다."

호랑이 똥을 동물원에서 어렵게 구해왔다. 예전에 현역으로 근무할 때 활주로 근처에 고라니가 많이 접근해 항공기에 충돌한 적이 있었다. 당시 동물원에서 호랑이 똥을 구해다 활주로 주변 초지에 뿌려놓았더니 몇 달 동안 효과가 있었다. 이런 경험을 가지고 어머니 묘소 주변에 뿌려놓을 예정이다. 천적인 호랑이 똥을 주변에 뿌려놓으면 멧돼지가 겁을 먹고 도망가지 않을까 기대해본다.

어머니 보고 싶습니다. 이번 주에 달려가겠습니다. 멧돼지들이 헤처 놓아 속살이 보이는 휑한 가슴을 모두 치유해 드리겠습니다. 그리고 어머니의 따뜻한 가슴을 느껴 보고 싶습니다. 그 옛날 어머님이 포수에게 한 말씀처럼 "우린 아무것도 보지 못했습니다." 단지 어린 자식들을 위해 모든 것 내어주신 바래고 해어진 당신의 옷 속에 드러난 허연 속살만 보았을 뿐입니다.

지나간 봄

볼을 간질이며 지나가는 바람을 잡아보니 그 바람은 봄이었다. 산책길에서 마른 나뭇가지 사이를 기웃거리던 햇살이 반짝였고, 빛줄기의 시선을 따라 앞서가는 여인의 어깨에 실린 빛보라가 하얗게 부서졌다. 나는 넓적한 굴참나무 잎 사이로 비집고 들어온 봄볕에 감전된 듯 발걸음을 멈추었다.

한 줄기 봄의 화신과 같은 빛, 그 투명한 빛살에 찔려 겨우내 움츠렸던 가슴을 열고 깊은 호흡을 했다. 산속에서 잠시 걸음을 멈추고 마시는 청량한 산소 한 모금은 숲이 만들어내는 최고의 선물이다. 숲과 연결된 아파트로 이사 온 후, 매일 오르는 낮은 산의 산책은 나를 깨어 있게 하고, 본격적인 사고와 행동의 시작이 된다.

평소에 다니지 않던 산책길을 벗어나 새로운 길로 들어선 것이 계기였다. 낮은 산이었지만 등산로를 벗어나서 새로운 봄꽃을 볼 것이라는 기대감이 나를 점점 깊은 숲속으로 이끌었다. 한참 후 뒤를 돌아보니 주변이 매우 생소했다. 단지 새로 피어난 야생화를 담고, 모처럼 들려온 황금새 소리를 찾아 오래된 나무가 있는 숲속으로 들어왔을 뿐이었다. 이제는 내가 나이 들

었음을 실감한다. 총기가 많이 사라져 길눈도 어두워졌다. 길눈
이 밝았다면 돌아가는 길을 찾느라 헤매지 않았을 것이다. 하지
만 그렇다 하더라도, 헤매지 않았다면 화사한 봄날의 숲길에서
여린 잎을 스쳐 내 볼을 감싸는 부드러운 바람도, 지난가을 나
무껍질 틈에 숨겨 놓은 먹이를 찾는 귀여운 동고비의 날갯짓도
만나지 못했을 것이다.

　땀에 흠뻑 젖은 채 집에 도착하니 안심이 되었다. 샤워 중 거
울에 비친 주름진 얼굴과 볼록한 배를 보며 '나의 시대가 마감되
는구나'라는 생각이 들었다. 세월의 무상함이 너무도 깊이 느껴
져 현기증이 날 정도였다.

　"오늘 영화 보러 가요"라는 아내의 재촉에 마지못해 시내로
출발했다. 사실 내가 며칠 전에 아내에게 요즘 사람들이 모여
이야기하는 '서울의 봄' 영화를 보러 가자고 했던 것을 잊고 있
었다.

　영화에서 가장 인상적인 부분은 입체적이고 현실적인 캐릭터
들의 활약이었다. 화려한 카메라 워크는 없었지만, 극적인 장면
전환은 압권이었다. 쿠데타를 진행하는 반란군이나 진압군 할
것 없이, 자신이 죽거나 책임져야 하는 상황에서 패닉을 일으켜
소리치는 사람들, 남 탓하는 사람들, 그럼에도 정신 차리고 상
황을 수습하는 사람들, 어떻게든 목적을 이루려는 사람들이 한
데 모여 극의 갈등을 고조시키는 장면은 예전에 군 생활을 하면
서 겪었던 당시 상황을 떠올리게 했다. 서울의 봄은 결국 반란
군의 승리로 끝이 난다. 우리가 이미 오래전에 이 시대를 살아
왔기 때문에 시작과 결말을 미리 알고 있었지만, 쿠데타가 진행

되는 12시간의 중요한 부분을 상세하게 그려냈다는 점에서 매우 잘 만든 영화라는 생각이 들었다. 이 영화를 진보 진영에서 만든 영화라는 선입견을 가진 사람들이 있지만, 그런 것은 중요하지 않다. 쿠데타가 진행되는 과정에서 등장한 인물들의 행동을 상세히 그린 것이기 때문에, 정치적인 관점에서 보는 것보다는 현실에서 그런 인간들이 실제로 존재했다는 사실에 집중하면 좋을 것 같았다.

한 편의 영화를 보면서 우리는 생에 일어났던 많은 사건, 울고 웃었던 시간과 장소들을 떠올린다. 작품을 감상하는 동안 내 머릿속엔 얽히고설킨 기억의 조각들이 파도처럼 밀려왔다가 사라지곤 했다. 80년대와 90년대가 극적으로 교차하던 어느 봄날, 아내에게 이끌려 찾은 극장에서 현실을 직시하게 되었다. 우리의 청춘을 저당 잡혔던 80년대, 그 의미를 미처 해독하지 못해 수십 년이 흐른 지금도 우리에게 낯설기만 한 과거. 그때로부터 자유로워지려면 무엇을 해야 할까?

사랑받지 못해 청춘을 잃은 사람들, 그래서 젊은 적이 없기에 늙을 수도 없는 사람들. 영화에 대해 이야기하는 것은 재미없는 일이지만, 이태신 역으로 나온 정우성 배우의 "너의 신념대로 살아라"라는 한 마디가 가슴에 꽂힌다.

오늘, 영화를 본 후 세월이 흘렀음을 확인하는 것만으로도 나의 헤맴이 헛되지 않았음을 느낄 수 있었다. 집으로 돌아와 넓은 발코니 창밖으로 보이는 산 그림자를 보며 커피를 마신다. 스러져가는 나를 충전하는 호젓한 시간이다. 행복하다.

온기가 남아 있는 커피의 목 넘김이 부드럽다. 오늘따라 약간

쓴맛이 예민함과 총기가 사라진 나를 청년의 시절로 되돌린 것 같다.

아내에게 이른 아침 산책을 나섰다가 길을 잃었던 것을 숨기려고, 멋진 문장을 생각해야 했다. 갑작스럽게 예전에 보았던 영화 '네루다의 우편배달부'의 대사가 생각났다. '시는 그것을 쓴 사람 것이 아니라 그 시를 사용하는 사람의 것'이라고 이야기한 우편 배달부 마리오처럼, 나도 은유를 사용해 나의 베아트리체에게 멋진 시어를 전해야겠다고 생각했다. 하지만 그런 아름다운 글을 만드는 재주는 나에게 없으니, 마리오처럼 훌륭한 시인의 아름다운 언어를 사용하는 수밖에 없다.

아니, 꼭 그럴 필요가 있을까? 앞이 보이지 않는 땅속을 끝없이 파고 나가는 저돌적인 두더지처럼, 나는 지금까지 해왔던 것처럼 나의 방식을 계속 이어가야겠다. 그런 무모한 두더지가 나의 메타포인 셈이다.

그래도 옆에 앉아서 홈쇼핑을 시청하는 아내에게 문자를 보낸다.

"여보, 사랑해."

파도 소리와 솔향의 협주, '솔향기 길'

솔향기 길은 원래 존재하던 길이 아니었습니다. 제주도의 올레길이나 지리산의 둘레길처럼 자연스럽게 생겨난 길도 아니었습니다. 이곳은 오랜 세월 사람들이 드문드문 발길을 들이며 마을로 이동하던 곳이었습니다. 울창한 숲속에서 길이 생긴 것은 마치 사람들이 관계를 유지하기 위해 안부를 묻고 연락을 이어가는 것과 같았습니다. 사람들이 다니지 않으면 길에 풀이 자라고 엉겅퀴가 나듯 관계도 소원해집니다. 태안의 솔향기 길도 그렇게 생겨났습니다.

이 길이 만들어진 결정적인 계기는 2007년 태안 앞바다에서 일어난 원유 유출 사고였습니다. 그전까지 이곳은 파란 소나무가 능선을 따라 이어진 아름다운 해안가로, 소수의 사람들만 찾는 조용한 어촌이었습니다. 그러나 기름 유출 사고 이후 많은 사람이 찾기 시작하면서 숲과 해안에 자연스러운 길이 생겼습니다. 사람들은 숲을 헤치며 이동하고, 소나무 숲의 피톤치드 향과 파도 소리를 느끼며 태안의 정취를 즐겼습니다. 이렇게 만들어진 길이 바로 솔향기 길입니다.

솔향기 길의 시작점은 태안반도의 끝, 만대항입니다. '많은 사람들이 살 곳'이라는 의미와는 달리, 실제로는 인구가 매우 적은 고즈넉한 포구 마을입니다. 포구가 끝나는 곳에서 솔향기 길이 시작됩니다. 좁은 오솔길을 따라 걷다 보면 두꺼운 솔잎이 양탄자처럼 깔려 있어 발걸음이 푹신합니다. 잠시 멈춰 서서 깊은숨을 들이마시면, 소나무에서 나오는 진한 피톤치드가 가슴속까지 스며드는 느낌입니다. 콘크리트 세상에서 탁해진 폐가 맑고 깨끗한 공기로 정화되는 순간입니다.

솔향기 길을 걷다 보면 바다에서 갈매기의 노래와 함께 잔잔한 파도 소리가 들려옵니다. 길은 작은 산 정상으로 이어지며, 언덕에서 바라보는 바다는 하늘과 맞닿아 어디서부터가 바다이고 어디서부터가 하늘인지 구분할 수 없을 정도로 아름답습니다. 숲길을 따라 걷다 보면 '해변 길로 가시오'라는 팻말이 나옵니다. 숲속 풍경은 사라지고 파도 소리가 가까이 들리며 해안가로 바뀝니다. 자갈과 모래에 물기가 배어 있어 걸을 때마다 발에 밟히는 작은 돌들이 정겹게 들립니다. 마치 한겨울에 눈을 밟는 소리를 여름에 듣는 듯한 기분입니다.

솔향기 길이 생기기 전, 아내와 함께 이곳을 방문했던 기억이 떠오릅니다. 고향 친구의 소개로 두어 번 찾아온 이곳은 정말 아름다웠습니다. 기름 유출 사고 전까지는 거의 알려지지 않았던 고즈넉한 길이었지만, 지금은 많은 사람들이 찾는 명품 오솔길이 되었습니다. 이제는 오붓한 우리만의 공간이 아니라, 모두가 즐기는 숲길이 되었습니다.

솔향기 길의 여정은 끝나지 않습니다. '가마봉' 안내판을 지나면 은빛으로 반짝이는 바다가 펼쳐집니다. 그 풍경은 마치 한

폭의 수채화 같습니다. 만대항에서 출발해 만나는 '삼형제 바위'
는 어머니를 기다리던 아들들이 바위가 되었다는 전설을 간직
한 곳입니다. 그리고 '용난굴'에는 승천하지 못한 용이 망부석이
되어 남았다는 이야기가 전해집니다. 솔향기 길 1구간은 총
10.2km로, 원유 유출 사고 이후 방제작업을 위해 만들어진 길
입니다. 둘이서 오붓하게 걷던 태안의 고즈넉한 길은 이제 많은
사람들이 즐기는 명품 숲길이 되었습니다. 이 길을 걸으며 태안
의 진한 솔향을 맘껏 들이키고, 감미로운 파도 소리를 들으며,
수많은 자원봉사자들의 발자국과 숨결을 느낄 수 있습니다. 지
금의 붉은 앙옹과 아름다운 바다는 그들의 땀과 노력의 결정체
임을 잊지 말아야 합니다.

'호' 해줄게

어느 주말, 아들과 손자와 함께 대중목욕탕에 갔다. 물놀이에 열중하던 손자가 갑자기 다가와 슬픈 표정을 지으며 말했다. "할아버지, 여기 아파요?" 고사리 같은 손가락이 내 가슴의 흉터를 가리켰다. 항상 해맑던 손자가 그런 표정을 짓는 것은 처음이었다. 이제 막 말을 배우기 시작한 세 살배기 손자가 이렇게 정확한 발음으로 물어보는 것도 놀라웠다.

"응, 예전에 산에서 등산하다가 다쳤어."

"할아버지, 그럼 내가 '호' 해줄게." 손자는 입술을 동그랗게 모아 흉터에 입김을 불었다.

그 순간, 등산 중에 있었던 일이 떠올랐다. 산비탈에서 커다란 장수말벌 둥지를 발견하고 조심스럽게 지나가던 중이었다. 벌집 입구에서 보초를 서던 장수말벌 한 마리가 나에게 날아오는 것을 보았지만 대수롭지 않게 생각했다. 그러나 이내 눈앞에 누런 물체가 보이면서 '윙~' 소리가 나는 순간, 반사적으로 오른손을 뻗었지만 이미 늦었다. 마치 쇠망치로 맞은 듯 이마에 심한 통증이 느껴졌다. 장수말벌에 쏘이면 1시간 이내에 병원에 가야 한다는 뉴스를 본 기억이 떠오르자 죽음의 공포가 엄습

해왔다. 몇 마리의 장수말벌을 피해 자동차를 세워 놓은 임도를 향해 정신없이 뛰었다. 병원에 도착했을 때 온몸이 땀으로 범벅이었지만 벌의 맹독 때문에 한기가 느껴졌다. 응급실 간호사가 "가슴에 피가 묻었네요. 다치셨나요?"라고 물었을 때 비로소 가슴에서 피가 흐르는 것을 알았다. 급히 뛰느라 부러진 나뭇가지에 가슴이 찔린 것도 몰랐다.

산행을 시작한 계기는 아들이 결혼한 후였다. 시골집에 온 며느리의 손을 잡았을 때 얼음장 같은 냉기가 느껴졌다. "손이 많이 차지요?"라고 묻는 며느리의 모습이 안쓰러웠다. 몸이 찬 여자는 혈액순환이 좋지 않아 질병에 노출되기 쉽고 임신이 어렵다는 말을 떠올리고, 서산의 유명한 심마니를 찾아갔습니다. 심마니는 좋은 산삼을 캤을 때 공증을 받기 위해 나에게 사진 촬영을 부탁해 예전부터 알고 지내던 사이였다. '몸을 따뜻하게 하고 임신에 효과를 보려면 하루에 다섯 뿌리씩 5일간 먹어야 한다'며 한 뿌리당 삼백만 원에 주겠다고 했다. 즉, 사천오백만 원이라는 거액이었다. 예상보다 훨씬 높은 가격에 마음이 무거워졌다.

다음 날, 인삼공판장에서 인삼의 파란 잎 하나를 구하고 서점에서 '등산도 하고 산삼도 캐고'라는 책을 한 권 샀습니다. 책갈피에 인삼 잎을 넣고 일주일간 열심히 책을 읽은 후 산삼을 캐러 산에 올랐다. 숲에서 산삼을 본 적은 없었지만 캘 수 있을 것 같았다. 시골에서 자란 경험과 등산 경험을 바탕으로 비슷한 지형을 찾아 나섰다. 그렇게 나의 무모한 심마니 생활이 시작되었다.

산삼을 찾는 것이 쉽지 않다는 것을 깨달았을 때쯤 포기하고 싶었지만 또 산에 올랐다. 어젯밤 꿈에 보았던 산삼이 눈앞에 아른거렸다. 그러나 내 앞에 보이는 것은 산삼 잎과 비슷한 엄나무와 오가피나무뿐이었다. 배낭을 내려놓고 책을 꺼냈다. 책 갈피 속 인삼 잎을 비교해봐도 같은 모양의 잎은 찾을 수 없었다. 기력을 잃은 손에서 바싹 마른 인삼 잎이 떨어졌다. 그 순간, 떨어뜨린 잎과 똑같은 모양의 잎이 눈에 들어왔다. 흙을 파 내려가자 신비스러운 산삼 두 뿌리가 모습을 드러냈다. 떨리는 손으로 산삼을 들어 올려 책의 사진과 비교하니 틀림없는 산삼이었다. 아내에게 전화를 걸어 자랑했지만, 아내는 '낮잠을 자다가 잠꼬대를 하는가 보네'라며 잠을 자라고 했다. 집에 도착해 산삼을 보여주자 아내는 이것이 산삼이 아니라고 했다. 인삼과 너무 다르다며 감정을 받아보라고 했다.

날이 밝기를 기다려 다시 산에 올랐다. 사진을 받아본 심마니가 '그것은 산삼이 맞고 주변에 더 있을 것'이라고 했기 때문이다. 그러나 더 이상의 산삼은 보이지 않았다. 시간이 흘러 하산하려 할 때 커다란 소나무 틈새로 반짝이는 물체가 보였다. 천천히 다가가 보니 소나무 그늘 아래 빨간 열매를 머리에 이고 있는 산삼 스물세 뿌리가 있었다. 심장은 터질 듯 쿵쾅거렸다. 조심스럽게 산삼을 캐며 '심봤다'를 외치고 싶은 마음을 꾹 참았다.

분당에 살고 있는 아들에게 며느리와 함께 내려오라고 했다. 아내에게는 미안했지만 싱싱한 산삼 스물다섯 뿌리를 모두 며느리에게 건네주었다. 며느리는 놀라워하며 고개를 숙였다. 귀한 물건이니 몸을 정결히 하고 하루에 다섯 뿌리씩 5일 동안 잘 먹으라고 했다. 그 후 며느리는 몸이 따뜻해지고 컨디션이 좋아졌다고 하더니 몇 개월 후 태기가 있다는 소식을 전해왔다.

작은 입술로 '호' 하며 흉터에 입김을 불어주던 손자가 "할아버지, 이젠 안 아프지요?"라며 나를 꼭 안아준다. 장수말벌의 공격을 피해 달아나다가 부러진 나뭇가지에 찔린 상처가 가려워지지 않았다. 목욕 가방을 흔들며 뛰어가는 손자의 발걸음이 건강해 보인다. 용돈 봉투를 손에 꼭 쥐여 주는 며느리의 손은 따뜻했다.

제3부

새

가까운 이웃, 멧비둘기

멧비둘기라는 이름을 들으면 "이런 새도 있나?" 하며 의아해하는 사람들이 있다. '산비둘기라면 들어본 적은 있는데…' 라며 반문하기도 한다. 예전에는 산에 사는 동물을 '산토끼', '산비둘기'라고 불렀지만, 이제는 '멧'이라는 순수한 우리말을 사용하여, 그 이름 자체가 우리 언어와 문화에 대한 애정과 자부심을 드러낸다.

어린 시절, 나는 고무줄 총을 만들어 동네 친구들과 참새를 잡곤 했다. 가끔 운이 좋아 멧비둘기를 잡게 되면 정말 신이 났었다. 하지만 집안 어른들은 아이들이 멧비둘기 고기를 먹지 못하게 했다. 결혼 후 아이를 둘밖에 낳지 못한다는 미신 때문이었다. 당시 어른들은 다산을 장려했기 때문에, 멧비둘기 고기를 아이들에게 주지 않았던 것이다. 그러나 이제 돌이켜보면 어른들이 맛있는 멧비둘기를 술안주로 즐기기 위한 변명이었을지도 모른다. 실제로 멧비둘기는 날개 달린 새 중에서 가장 맛있다고 알려져 있다.

멧비둘기는 비록 알을 두 개만 낳지만, 우리나라의 텃새 중 가장 번식력이 좋다. 2월에 번식을 시작해 두 달 간격으로 11월

말까지 번식을 반복한다. 매년 45회 번식하며, 그들의 둥지는 전나무, 소나무, 기타 활엽수와 침엽수의 17m 높이 가지 위에 엉성하게 만들어진다. 초기에는 소나무나 대나무 가지 사이에, 여름에는 잘 보이지 않는 키 작은 나무에 둥지를 튼다. 둥지는 나뭇가지로 조잡하게 만들어지지만, 가까이에서 보아도 새의 둥지인지 알아채기 어려울 정도로 자연스러운 위장이 되어 있다.

멧비둘기는 땅 위에서 낟알, 식물의 씨와 열매를 먹으며, 특히 추수 후 떨어진 벼를 선호한다. 새끼에게는 콩과 고추씨를 먹이는데, 이들은 콩을 매우 좋아하는 것으로 알려져 있다. 시골에서 콩을 심으면 멧비둘기가 먼 곳에서 지켜보다가 콩을 파먹곤 한다. 그래서 농부들은 멧비둘기를 싫어하기도 한다.

요즘 공원이나 곡물 저장고 주변에는 비둘기의 배설물로 불편을 호소하는 사람들이 많다. 하지만 대부분 지역에서는 사냥이 금지되어 있어, 멧비둘기를 함부로 잡을 수 없다. 한두 마리가 베란다에 와서 앉으면, 폐 CD나 강한 자석을 매달아 접근을 막을 수 있다. 공군기지에서는 활주로 내 구조물에 그리스를 발라 새들이 접근하지 않게 한다.

멧비둘기는 우리에게 가장 친숙한 새다. 평화를 상징하는 비둘기는 구약성경에서 노아의 방주에서 날아가 생명을 상징하는 감람나무 잎을 물고 와 희망을 보여준 새이기도 하다. 이렇게 우리 주변에서 늘 친숙하게 볼 수 있는 비둘기는 사람들이 먹을 것을 주고 번식할 공간을 제공해 보호받는다. 하지만 야생에 서식하는 멧비둘기는 스스로 먹이를 구하고, 둥지를 지어야 하며,

비가 내리는 날에는 온몸으로 비를 맞아가며 알을 품어야 한다. 먹이를 달라고 졸라대는 어린 새끼를 기르는 모든 것을 스스로 해결하는 억척같은 생활력을 지닌다.

멧비둘기의 둥지를 야생에서 발견하는 것은 결코 쉬운 일이 아니다. 둥지가 워낙 허술하지만, 위장이 잘 되어 있어 발견하기 어렵다. 자연의 변화를 그 어떤 새보다도 잘 받아들이며 이용하는 지혜로운 새다. 멧비둘기의 둥지는 몇 년이 지나도 원형이 그대로 유지된다. 태풍이 지나가도 둥지가 그대로 남아 있는 것을 보면 그 견고함을 알 수 있다. 또한 새끼는 주변 나무와 둥지 색과 비슷해 쉽게 발견되지 않는다. 이러한 이유로 멧비둘기는 천적에게 피해를 입지 않고 많이 번식할 수 있다.

오늘은 바람이 세차게 분다. 아마 꽃샘추위인가 보다. 이렇게 차가운 날씨에 온몸으로 알을 품고 있는 멧비둘기에게 찬사를 보내며, 새끼가 무사히 부화하여 평화롭게 우강뜰 하늘을 날아다니길 기원해본다. 이 작은 새가 지닌 강인함과 생명력은 우리 모두에게 자연에 대한 존경과 애정을 갖게 하는 귀중한 교훈이다.

화려한 군무, 삽교호 가창오리

　우수가 지나고 겨우내 두껍게 얼었던 삽교호가 해빙되어 조각난 얼음 덩어리들이 따스한 봄바람에 이리저리 몰려다니던 어느 날 오후, 삽교호에 남쪽 지방에서 긴 겨울을 보낸 수많은 가창오리 무리들이 벌떼처럼 찾아왔다.

　지난해 초겨울에 이곳을 떠났다가 다시 남쪽 지방에서 출발한 가창오리들은 삽교호에 도착하자 얼음이 녹아있는 물 위에서 지친 날개를 접고 휴식을 취하며 물장구를 치며 긴 여행 중 쌓인 스트레스를 풀고 있었다. 가창오리에게 이곳 삽교호는 천국이나 다름없다. 낮에는 천적이 접근하지 못하는 호수의 깊은 곳에서 마음껏 휴식을 취할 수 있고, 밤에는 넓은 농경지에 떨어진 많은 벼 이삭이 그들의 차지이기 때문이다. 러시아 툰드라 지역으로 4,000여 km를 날아가기 위해 잠시 휴식을 취하고 원기를 회복하기 위한 장소로는 이보다 더 좋은 곳이 없다.

　이른 봄, 삽교호에 해가 질 무렵이면 남쪽 지방에서 수많은 가창오리 무리가 삽교호에 도착하는 것을 볼 수 있다. 한 무리가 몇백 마리에서 몇천 마리, 혹은 몇만 마리가 되는 무리들이 속속 도착한다. 일단 도착한 가창오리는 점차 대규모의 무리로 발전한다. 큰 무리의 가장자리에 있는 오리들은 틈만 나면 무리의 가운데로 이동한다. 아마도 무리의 가운데에 있으면 더 안전하다고 생각하는 것 같다.

가창오리를 관찰하는 동안 매 한 마리가 가창오리를 공격하는 것을 보았다. 무리의 가장자리에 있는 오리들을 사냥하는 것으로 보아 가창오리들이 매들의 공격 패턴을 미리 파악하고 있는 것 같다. 이는 선천적으로 위험을 감지하는 능력과 무리의 중심부에 섞여 있으면 안전하다는 것을 본능적으로 알고 있기 때문일 것이다. 유난히 많은 조심성이 지금의 가창오리를 존재하게 한 이유로 보인다.

가창오리 수컷은 머리 부분만 보아도 암컷과 쉽게 구분할 수 있다. 머리에 태극 무늬가 있어서 옛사람들은 이 새를 보고 태극 오리라고 부르기도 했다. 암컷은 청둥오리 암컷과 비슷하게 생겼지만, 크기가 매우 작고 부리에 흰 점이 하나 있어 쉽게 구분할 수 있다. 번식지에서는 이들이 모여 생활하지 않기 때문에, 시베리아의 조류학자들조차도 우리나라에서 가창오리가 무리를 지어 춤추는 장면을 보면 조작된 영상이라고 생각한다고 한다. 이 새들의 화려한 군무를 이른 봄과 늦가을이면 쉽게 볼 수 있는 우리는 큰 축복을 받은 것이다.

오리 중 비교적 작은 종에 속하는 이 새를 영어로는 Baikal Teal이라 부른다. 시베리아의 바이칼 호수에 사는 작은 새라는 뜻에서 이러한 이름이 생겼다고 한다. 그러나 그곳에서는 이 새를 쉽게 볼 수 없다. 호수의 길이가 4,000km로 길고 넓으며 수초가 많고 늪지가 형성되어 있어 번식지에 접근하기 어렵기 때문이다. 실제로 우리나라의 많은 학자들과 방송국에서 여러 번 취재를 다녀왔지만, 만족할 만한 성과를 거두지 못하고 돌아왔다고 한다. 결국 가창오리는 생태를 연구하는 많은 학자의 궁금증을 증폭시키며 올봄에도 어김없이 삽교호를 찾아온 것이다.

해가 서산으로 기울면서 하늘이 온통 붉은빛으로 물들어 가자 가창오리들이 이동을 시작한다. 물에서 30여만 마리가 하얀 포말을 일으키며 힘차게 떠오르는 것을 본 사람이라면 이들의 현란한 동작에 입을 다물지 못할 것이다. 그 많은 새들이 물을 박차고 거의 동시에 떠오르면서 서로 부딪혀 떨어지는 일이 없다. 마치 구름처럼, 또는 벌떼처럼 날아다니며 일사불란하게 날아오르는 모습에서 그 아름다움을 찾을 수 있다. 구름처럼 움직이는 무리가 머리 위로 이동하면 마치 먹구름이 하늘에 드리운 것 같은 착각에 빠진다. 새들의 요란한 날갯소리가 들리지 않는다면.

며칠 후, 시베리아 툰드라 지역에 눈이 녹기 시작하는 따사로운 봄날이 오면 가창오리는 삽교호를 거쳐 다시 먼 여정을 떠날 것이다. 우리나라에서 혹독한 추위를 맞이했지만 배부르게 겨울을 보낸 가창오리들은 보다 강한 모습으로 고향을 찾을 것이다. 그리고 그러한 여행은 매년 반복될 것이다. 새로운 번식을 위한 사랑을 이루기 위해.

오늘 오후 늦은 시간, 붉은 노을을 배경으로 군무를 펼쳐준 가창오리에게 갈채를 보낸다. 그리고 올가을, 이 아름다운 군무를 다시 볼 수 있기를 기대해 본다.

갈대숲 테너, 개개비

　자동차의 브레이크를 급하게 밟았다. 바로 앞 자귀나무 위에서 개개비가 목청을 높여 노래를 부르고 있었다. 지난봄, 거금을 들여 구입한 500mm 망원렌즈의 진가를 발휘할 순간이 드디어 온 것이었다. 차창 밖으로 렌즈를 내밀었으나, 깜짝 놀란 개개비는 휘익 날아올라 삽교호의 갈대숲으로 숨어버렸다.

　"세상에, 이럴 수가," 후회와 안타까움이 밀려왔다. 차를 후진시키고 시동을 끈 후, 갈대밭에서 떨어진 곳에 차를 세운 채 개개비의 움직임을 지켜보았다. 갈대가 흔들리는 것으로 보아 개개비가 조심스럽게 갈대 사이를 돌아다니고 있었다. 잠시 후, 개개비는 갈대 줄기에 앉아 목청을 다시 높였다. '개개 비비 개개 비비' 하는 소리로, 하늘과 땅이 맞닿는 듯한 노래를 불렀다.

　바람이 불어와 차 안의 더위를 식히긴 했지만, 갈대의 움직임이 심해 초점을 맞추기가 어려웠다. 그때, 행운이 찾아왔다. 개개비가 방금 노래하던 자귀나무 가지 끝으로 다시 날아와 그늘에서 노래를 부르기 시작했다. 나무의 그늘 속에서 목청껏 노래하는 모습은 정말 아름다웠다.

　삽교호에서 개개비와의 첫 만남은 이렇게 시작되었다. 삽교호 상류에는 개개비가 좋아하는 갈대가 무성하게 자라고 있다. 개개비는 갈대 사이를 돌아다니며 작은 곤충과 애벌레를 잡아먹는 것을 좋아한다. 땅으로 내려오는 일은 거의 없으며, 둥지도 갈대를 엮어 정교하게 만들어낸다. 둥지는 지상에서 80~150cm 높이에 위치해 찾기가 어렵다.

올해 부지런한 개개비들은 성공적인 번식을 이뤘다. 한창 번식 시기에 가뭄이 극심했으나 비로 인한 피해는 없었다. 농부들이 하늘을 바라보며 비를 간절히 기다리는 동안, 개개비들은 맑은 하늘 아래에서 기쁨의 노래를 부르며 행복해했다. 그러나 얼마 지나지 않아 장맛비가 쏟아지면서 삽교호의 수위가 올라가고, 둥지가 떠내려가면서 갈대와 함께 물속에 잠기게 되었다.

개개비의 둥지에는 때때로 뻐꾸기 새끼가 들어앉아 있는 경우가 있다. 뻐꾸기는 자신보다 작은 새의 둥지에 알을 맡기고, 개개비가 자신의 둥지에 뻐꾸기 알이 낳은 것을 알게 되면 먹이를 주지 않고 굶겨 죽이기도 한다. 서로 간의 생존을 위한 치열한 싸움은 자연의 세계에서 계속된다.

개개비는 암수의 색이 거의 비슷해 구분하기 어렵지만, 일반적으로 둥지 근처에서 노래를 부르거나 괴성을 지르며 다른 새를 쫓아내는 새가 수컷이다. 대부분 수컷은 암컷이 알을 품고 있을 때 둥지 근처에서 영역을 지키며 암컷을 보호한다. 알은 보통 4~5개를 낳으며, 품기 시작한 지 2주 정도면 부화하고, 태어난 지 12일 정도면 둥지를 떠난다. 어린 새들은 둥지를 떠나는 것이 매우 중요하다. 둥지 안에 오래 있으면 천적에게 피해를 당할 수 있어, 갈대 사이를 이동할 정도만 되면 둥지를 떠난다.

삽교호에서 개개비는 자신의 영역을 차지하며 살아간다. 그 범위는 생각보다 좁지만, 다행히 올해 갈대가 무성하게 자라 개개비들이 번식하기에 아주 좋은 조건이 조성되었다. 요즘 삽교호를 찾으면 갈대의 꼭대기에 앉아 목청껏 노래하는 개개비를 쉽게 만날 수 있다. 노래가 모든 이에게 아름답다고 느껴지지 않을 수 있지만, 일단 한 마리가 노래를 시작하면 그 주변 갈대 숲의 개개비들은 합창을 한다. 모두가 테너다. 그들이 낼 수 있는 음 중에서 최고의 음으로 세력권을 알린다. 한낮의 더위를 느낄 수 없는 그 열정적인 모습에서 진정한 아름다움을 느낄 수 있다. 삽교호에는 큰 나무가 거의 없고 자귀나무와 버드나무가 많아 그중 높은 곳에서 노래를 부르는 수컷 개개비는 아마도 가장 힘이 센 수컷일 것이다.

여름이 깊어가는 지금, 삽교호를 자동차로 이동할 때는 창문을 열고 천천히 운전하는 것이 좋다. 특히 비가 내린 뒤에는 도로가 미끄럽기 때문에 주의가 필요하다. 이번 주말, 갈대숲에서 개개비의 멋진 모습을 만나러 떠나보자. 개개비가 여전히 그곳에서 명가수의 흉내를 내며 노래하는 모습을 보며 자연의 아름다움을 만끽할 수 있을 것이다.

높이 날고 멀리 보는 삽교호 갈매기

삽교에서 어로 작업을 마친 작은 어선이 방조제로 향하면서 하얀 포말을 일으키자, 갈매기들이 하나둘 모여들기 시작했다. 처음에는 몇 마리밖에 보이지 않던 갈매기들은 순식간에 커다란 무리를 이루며 어선 뒤를 바싹 따라왔다.

넓은 호수에서는 어부들이 정치망을 펼쳐놓고 물고기를 잡았다. 어부들이 방조제 작업장에서 물고기를 분류하기 시작할 때, 갈매기들에게는 기회가 찾아왔다. 그물 속에는 다양한 물고기들이 있었고, 크기가 작거나 상품 가치가 없는 물고기는 호수에 버려지곤 했다. 갈매기들은 이 시점을 알고 있던 듯, 먹이 사냥을 위해 모여들었다. 가끔은 물속에 들어가 물고기를 잡아먹는 비오리나 뿔논병아리 같은 오리들도 그물 속에 갇힌 물고기들을 먹으려다 출구를 찾지 못해 익사하기도 했다. 이런 모습을 보면 '새 대가리'라는 말이 실감 나기도 한다.

하지만 갈매기들은 수면 위에서 먹이 활동을 하며 그런 위험 부담이 없다. 어부들이 물고기를 손질할 때까지 기다리기만 하면 된다. 갈매기들이 우아하게 나는 모습을 보면, 마치 리처드 바크의 『갈매기의 꿈』에서 나오는 조나단을 여기에서 만나는 듯한 착각을 하게 된다. 먹이 활동을 하지 않을 때, 조나단처럼 자신의 삶에 목표를 세우고 그 목표를 달성하기 위해 용기 있게 날아다니는 갈매기의 모습은 한층 아름답고 우아하다.

최근에 삽교호 관광지에서는 갈매기들이 무리 지어 대기를 하고 있다가 새우깡 봉지를 든 사람이 나타나면 한꺼번에 모여들기도 하며, 여객선을 타고 바다를 여행할 때 새우깡 갈매기를 자주 만날 수 있다. 평택항 유람선에서는 여행객들이 배를 따라오는 갈매기들에게 새우깡을 던져주는 것이 일상이 되면서, 갈매기들은 자연스럽게 여객선을 따라오고 새우깡을 받아먹는다. 이제는 괭이갈매기가 '새우깡 갈매기'로 더 잘 알려져 있다. 갈매기들은 사람들과 친숙해져 어부들이 어로 작업을 할 때 가까이 와서 먹이를 주워 먹는 것에 익숙해졌다.

갈매기는 바닷가 포구에서 흔히 볼 수 있는 조류로, 여행객들에게는 추억과 낭만의 상징이지만, 어류 양식업자들에게는 천적과 같은 존재다. 양식 어종을 잡아먹거나 '수인성 전염병'을 옮겨 피해를 주기 때문이다.

갈매기류는 대체로 밀집된 무리를 이루어 번식하며, 둥지를 중심으로 영역 다툼을 벌이기도 한다. 둥지는 풀줄기로 간단히 만들며, 크림색 또는 담갈색에 흑갈색 반점이 있는 알을 3–4개 낳는다. 암수 모두 알을 품으며, 약 24–28일 후에 새끼가 부화한다. 새끼는 주변의 자갈이나 바위와 비슷한 보호색을 가지며, 부화하자마자 걷기 시작하지만 주로 둥지 안에서 어미가 주는 먹이로 자란다.

1847년, 북아메리카 솔트레이크시티에 이민한 백인들이 밀밭에 메뚜기가 몰려들었을 때, 캘리포니아갈매기들이 며칠 사이에 메뚜기 떼를 모두 잡아먹었다는 기록이 있다. 이 기록을 통해 갈매기의 식성이 얼마나 다양한지를 알 수 있다.

오늘도 삽교호에는 산뜻한 갈매기들이 유유히 날갯짓을 하고 있다. 마치 자신이 조나단이라도 된 듯, 두 날개를 펴고 높이 우아하게 날아다닌다.

개나리꽃을 다 먹어요, 되새

개나리꽃을 다 먹어요, 되새

지난겨울, 우강뜰의 눈 내린 오수에 나는 처음으로 되새를 만났다. 아니, 사실 처음은 아니었다. 지나가면서 가끔 보긴 했지만, 인기척을 느끼면 먹이 활동을 하다가 잽싸게 나무 위로 날아가거나 숲속으로 숨어버려 카메라에 담을 기회는 없었다.

그러던 중, 작은 숲새를 찍기 위해 모처럼 500mm 렌즈를 구하게 되었다. 이 장비 덕분에 이제는 눈에 보이는 대부분의 새들을 사진에 담을 수 있게 되었다. 새가 아무리 작고 빠르게 움직이더라도 멀리서도 찍을 수 있는 능력을 갖게 된 것이다. 그러다 보니 작아서 포기했던 새들의 사진에도 이제 한계가 없어진 셈이다.

이제는 까칠하게 나를 피했던 그 되새와의 이야기를 풀어낼 수 있게 되었다. 되새는 정말 작은 새이다. 우강뜰에서는 커다란 고니와 오리들을 쉽게 볼 수 있지만, 되새는 주의를 기울이지 않으면 쉽게 보이기 어려운 새다. 몸길이 약 13~16cm의 이 작은 새는 스칸디나비아반도에서 일본에 걸쳐 침엽수림과 자작나무 숲에 살며, 우강뜰 지역에서는 햇볕이 잘 드는 양지바른 숲에서 겨울을 보낸다. 지리산의 쌍계사 대나무 숲에는 겨울마다 만여 마리의 되새가 모여들어 가창오리처럼 춤을 추며 날아다니는 모습이 TV에 소개된 적도 있다. 이렇게 일부 지역에서는 큰 무리를 이루어 활동하기도 한다. 수컷은 검은색 바탕에 흰색 엉덩이와 밝은 적갈색의 가슴, 어깨 깃을 지니고 있으며, 암컷은 갈색을 띠고 등에 줄무늬가 있다.

되새는 주로 높은 나뭇가지에서 휴식을 취하다가, 눈이 녹은 땅에서 바닥을 헤치며 총총걸음으로 먹이를 찾는다. 또한, 작은 나무 위에서 열매를 따 먹거나 싱싱한 순을 따먹기도 한다. 되새들은 기러기나 고니처럼 역할 분담이 잘 되어 있는 것 같다. 먹이를 찾을 때는 나뭇가지에서 주변을 살피는 '초병' 역할의 새가 있고, 우두머리 새를 항상 따라다니는 '비서' 같은 새도 있다. 이들은 위급한 상황이 생기면 명령을 전달하는 역할을 맡는 것처럼 보인다.

확실한 것은, 들고양이나 맹금류의 활동이 감지되면 동료들에게 신속히 경고음을 보내는 것이다. 그러면 먹이 활동 중이던 새들은 동시에 하늘로 날아올라 숲속의 작은 나뭇가지 속으로 숨는다. 고양이들은 나무숲의 새들을 사냥하기 어렵고, 매와 같은 맹금류는 나뭇가지가 촘촘한 곳에는 들어가지 못한다는 것을 알고 있기 때문이다.

우강뜰에서 겨울을 보내는 되새들은 주로 바닥에서 먹이 활동을 한다. 그 주변에는 노랑턱멧새와 쑥새도 함께 먹이 활동을 하지만, 서로 다투는 모습을 본 적은 없다. 덤불이 우거진 곳에서 먹이 활동을 할 때는 붉은머리오목눈이와 박새들과 함께하기도 하지만, 이들 또한 서로 싸움을 하지 않는다. 그들은 자신들이 열심히 움직여 찾아낸 먹이에 만족하고 있었다.

봄이 오면서 우강뜰의 풍경은 변화했다. 꽃이 피고 따뜻한 남쪽 바람이 불어오는 것 외에도, 되새들의 깃털 변화를 통해 봄의 도래를 더 확실히 알 수 있다. 겨울철 칙칙했던 깃털을 벗어 던지고, 더 화려한 봄철의 깃털로 갈아입었다. 새들은 봄이 오면 대부분 번식 깃이나 혼인 깃으로 장식을 하며, 특히 수컷들은 겨울의 모습과는 전혀 다른 색으로 변하기도 한다. 되새 수컷 역시 색이 짙어지고 머리와 날개의 색이 검은색으로 바뀌어 더 멋진 모습을 선보인다.

수컷의 여름 깃은 머리와 어깨 사이가 푸른빛이 도는 검은색이며, 가슴과 어깨는 오렌지색, 날개에는 두 줄의 가는 흰색 띠가 있다. 겨울에는 목과 어깨 사이가 갈색을 띤다. 암컷은 머리와 어깨 사이가 갈색이고, 머리 꼭대기에는 짙은 갈색 세로무늬가 있으며, 등에도 갈색 세로무늬가 있다.

최근, 우강뜰의 민가 주변에는 개나리가 노랗게 피어나고 있다. 그런데 갑자기 되새 무리가 나타나 개나리의 꽃봉오리를 모조리 따먹고 있었다. '되새들은 공해에 약하다'라고 경희대 윤무부 교수가 말한 적이 있는데, 아마도 우강뜰의 환경이 다른 지역에 비해 매우 깨끗하기 때문일 것이다.

되새들이 개나리 꽃봉오리를 정신없이 먹어대는 모습을 보며 "올해에는 우강뜰에서 개나리꽃을 보기 어려울 것 같구나" 하고 걱정이 들었다. 그러나 그 많은 꽃봉오리 중 일부는 남겨두었던 것 같다. 꽃이 피지 않으면 실망하는 사람들이 많아서 일부러 남겨놓았던 것일까? 아니면 내가 카메라 셔터를 누르며 "너희들, 그것을 다 먹으면 어쩌지?"라고 이야기하는 것을 듣기라도 했던 걸까?

되새, 이름은 다소 생소하지만, 이 새의 이름을 가진 사람들은 카메라 셔터를 누르며 이렇게 말하곤 한다. "되게 멋진 새다. 예쁘게 찍어 줄게"라고.

검은딱새의 신비

최근, 바람이 심하게 불고 아침저녁으로 기온 차가 심한 날씨에 삽교호 주변 분위기가 어떤지 궁금해졌다. 다행히도 지난 일요일은 포근한 날씨에 비가 내린 직후라 길에서 먼지도 나지 않아 탐조하기에 쾌적한 조건이었다. 겨울에 호수를 가득 채웠던 고니와 기러기들은 모두 떠났고, 이제는 일부 오리들만이 넓은 호수를 지키고 있었다. 그로 인해 호수의 분위기는 썰렁해 보였다.

하천을 따라 이동하던 중, 갈대 위에서 나풀나풀 날아다니며 먹이를 찾고 있는 작고 귀여운 새를 발견했다. 그 새는 목소리도 아름답고 청아해서 멀리서 보아도 어떤 새인지 식별할 수 있었다. 그 새는 바로 검은딱새였다. 이렇게 겨울새들이 떠난 자리에 봄소식을 전하는 동남아에서 겨울을 보낸 작은 새를 보니 반가운 마음이 들었다.

검은딱새라는 이름은 수컷의 머리 깃털에서 유래되었다. 이른 봄, 삽교호 갈대밭 주변을 자세히 살펴보면 만날 수 있는 새이며, 번식을 위해 이곳을 찾는다. 수컷의 여름 깃털은 얼굴이 검은색으로 덮여 있으며, 검은 복면을 한 쾌걸 조로를 연상시키기도 한다. 머리의 검은색 깃털은 갈색의 겨울 깃이 마모되거나 빠지면서 드러난 것이다. 이렇게 검은색으로 바뀐 깃털 속에 작고 까만 눈이 있어서 잘 보이지 않게 된다. 하지만 가을이 되면 다시 겨울 깃으로 갈아입으며, 암컷과 구분하기 어려운 갈색으로 변한다.

검은딱새는 참새목 지빠귀과에 속하며, 몸길이는 약 13cm 정도로, 매우 맑고 아름다운 노래를 부른다. 특히 봄에 수컷이 암컷을 부르거나 자신의 둥지가 있는 곳에서 다른 새들에게 영역을 알릴 때는 거의 쉬지 않고 노래를 한다. 사람들이 자신의 새끼들이 있는 둥지로 가까이 다가가면, 마치 바닷가에서 조약돌이 파도에 쓸려 내려가며 부딪치는 소리와 비슷한 노래 소리를 낸다. 수컷은 등이 검은색이며 목에는 하얀 반점이 있고 가슴은 하얀색에 붉은빛을 띤 얼룩무늬가 있다. 암컷은 갈색을 띠며 머리 윗부분은 검다.

지빠귀과의 조류들은 소형에서 중형에 이르기까지 몸의 크기가 다양하며, 주로 벌레를 잡아먹는 새들이다. 얇고 뾰족한 부리와 가느다란 다리를 가지고 있으며, 큰 새들은 주로 지상에서 먹이를 구하고, 작은 새들은 작은 풀 위를 날아다니며 벌레를 잡는다. 암수의 모양이 확연히 다르며, 수컷은 매우 아름다운 소리로 지저귄다.

나는 검은딱새에 대해 특별한 추억이 있다. 초등학교 시절, 학교 공부를 마친 후 친구들과 함께 길이 아닌 작은 야산을 넘어서 집으로 돌아오곤 했다. 큰길을 이용하면 멀리 돌아야 했지만, 작은 산의 좁은 길을 이용하면 빠르게 돌아올 수 있었고, 진달래꽃도 만나고 작은 새들도 볼 수 있었다.

하루는 친구들과 함께 누군지 모르는 잘 정리된 묘 앞에서 털썩 주저앉아 쉬고 있었다. 그곳에는 할미꽃이 많이 피어 있었고, 어느 것이 더 예쁜지 살펴보던 중 갑자기 할미꽃 아래에서 새가 이상한 소리를 내며 얼굴을 스치고 날아갔다. 처음에는 그게 새인지 몰랐다. 깜짝 놀라서 소리를 지르자, 옆에 있던 친구가 "묘 속에서 새가 나왔어."라고 말했다.

친구들은 "사람이 죽으면 새가 되어 다시 태어난다고 하던데, 아마 이 묘소에 있던 사람이 새가 되어 날아간 것 같다"며 매우 신기해했다. 그 이후로 묘가 새로 생기면 유심히 살펴보는 습관이 생겼다. 이번에는 어떤 새가 나올지 궁금했기 때문이다.

약 2주 후, 학교가 끝나고 돌아오는 길에 친구들과 예전에 나를 놀라게 했던 바로 그 묘소 앞에서 잠시 쉬고 있었다. 이번에는 작은 새 두 마리가 매우 시끄럽게 지저귀며 내 주변을 떠나지 않았다. 그 새들은 배추벌레를 여러 마리 잡아서 입에 물고 있었다. 그 모습을 보고 가방을 챙기고 조금 떨어져 있는 진달래꽃 무더기 속에서 그 새의 움직임을 지켜보았다. 잠시 후, 그 새들은 예전에 나왔던 작은 구멍으로 들어갔고, 입에는 하얀 덩어리를 물고 나왔다. 그 동작이 계속 반복되었다. 나는 너무 궁금해 조심스럽게 그 구멍을 들여다보았다. 아니, 이럴수가! 그곳에는 새의 둥지가 있었다. 내가 내부를 살펴보려 입구의 풀을 살짝 젖히자, 갑자기 안에서 작은 새들이 어미 새가 온 줄 알았는지 입을 벌리고 있었다.

이 새가 검은딱새였다는 것을 한참 후에야 알게 되었다. 당시

내가 살던 곳에서는 그 새를 '꽥꽥이'라고 불렀다. 사람들이 자신의 둥지 근처에 다가가면 늘 이상한 소리로 노래를 불렀기 때문이었다. 그것은 바로 새끼들에게 위험을 알리는 경고음이었다.

그리고 올해 이른 봄, 우강뜰에서 검은딱새를 만났다. 폭이 좁은 농로 양쪽의 마른 풀 위에 앉았다가 땅에서 기어 다니는 거미나 작은 벌레를 발견하면 잽싸게 날아가 잡아먹고 다시 풀 위에 앉곤 했다. 이 새를 만나자마자 자연스럽게 어린 시절 검은딱새를 처음 만났던 기억이 떠올랐다. 그래서 나는 혼자 '피식'하고 웃음을 지었다. 올해 만약 검은딱새 둥지를 묘소 근처에서 발견할 수 있다면, 슬쩍 장난을 쳐 봐야겠다는 생각이 든다. 새가 작은 구멍 속의 둥지에서 나올 때 "저 새는 죽은 사람이 새로 변해서 나오는 거야"라며 아내를 놀리고 싶다.

겨울 철새의 상징, 기러기

가을이 깊어가면서 우강뜰의 넓은 들판은 황금빛 벼 이삭으로 물들었습니다. 콤바인이 들어갈 자리를 만들기 위해, 농부들은 낫으로 벼를 베어 공간을 만들고, 익은 벼를 바라보며 땀을 닦습니다. 그들의 얼굴에는 포만감과 만족이 가득합니다.

하지만 이 풍성한 수확을 농부들보다 더 좋아하는 이들도 있습니다. 바로 기러기를 비롯한 겨울 철새들입니다. 기러기들은 겨울 철새로서 이 시기에 가장 좋아하는 먹이인 낙곡을 찾아 우강뜰에 모여듭니다. 수확 후 논에 떨어진 벼를 즐기며, 우강뜰의 낙곡은 그들에게 풍부한 먹이 자원입니다. 콤바인으로 수확된 논에는 구석구석 벼 이삭이 남아 있어 기러기들에게는 천국과 같은 장소입니다. 또한, 삽교호라는 규모 큰 호수가 있어 먹이 활동 중 위험이 닥치면 안전한 피난처를 제공 받을 수 있습니다. 그러나 기러기들은 낙곡만으로 만족하지 않습니다. 태풍으로 쓰러진 벼에는 많은 기러기들이 모여들어 순식간에 먹어 치웁니다. 이러한 이유로 농부들은 가을이 되면 기러기를 쫓기 위해 소동을 벌입니다.

우리나라에는 약 400종의 야생 조류가 서식합니다. 이들은 크게 네 가지로 나눌 수 있습니다. 텃새는 우리 주변에서 쉽게 볼 수 있는 까치와 참새처럼 일 년 내내 머무르는 새들입니다. 여름 철새는 따뜻한 남쪽 나라에서 겨울을 보내고 봄에 번식을 위해 우리나라에 찾아오는 새들로, 제비와 뻐꾸기가 대표적입니다. 나그네새는 북쪽에서 번식 후 겨울철에 잠시 우리나라를 기착하는 새들로, 도요새가 이에 해당합니다.

기러기들은 여름철 시베리아, 알래스카, 캄차카반도 등 일조 시간이 긴 지역에서 번식합니다. 긴 낮 시간 덕분에 어린 새들에게 풍부한 먹이를 공급할 수 있어 빠르게 성장합니다. 겨울이 오기 전, 기러기들은 모두 함께 따뜻한 지역으로 내려오며, 많은 겨울 철새들이 우리나라에 머무릅니다. 한국의 겨울은 북쪽 지역보다 따뜻하지만, 추위와 굶주림과 싸워야 하는 겨울새들에게는 결코 쉽지 않습니다.

늦가을에는 여름새와 겨울새들이 겹쳐 서식하게 되는데, 이 시기에는 우리나라에서 볼 수 있는 거의 모든 새들을 만날 수 있습니다. 새를 연구하거나 보호하는 전문가가 아니더라도, 이 시기에는 많은 새들이 이동하기 때문에 석양을 배경으로 한 아름다운 장면을 목격할 수 있습니다.

우강뜰에는 이미 겨울 철새인 기러기들이 도래하고 있습니다. 기러기들은 수천 킬로미터를 날아와 지친 날개를 쉬기 위해 자연스럽게 조성된 모래언덕에서 휴식을 취합니다. 다음 날, 휴식이 끝나면 추수가 끝난 논으로 무리를 지어 이동합니다. 그곳에는 수확 후 떨어진 벼들과 콤바인으로 파헤쳐진 미꾸라지와 우렁이들이 널려 있어 본능적으로 먹이를 찾습니다. 그러나 기러기들만의 독점은 아닙니다. 아직 남쪽으로 내려가지 않은 백로와 황로들이 기러기들보다 먼저 날아와 미처 땅속으로 들어가지 못한 미꾸라지들을 잡아먹기 때문에, 기러기들은 항상 뒤처집니다.

올봄, 기러기들이 떠날 때 함께 떠나지 못한 7마리의 기러기 가족은 여름을 보내며 그리운 이웃들을 기다렸습니다. 이제 봄에 떠났던 친구들이 새로운 가족과 함께 우강뜰을 찾아오게 되면 호수와 넓은 논에서는 기러기의 함성으로 뒤덮일 것입니다.

동화 속의 미운 오리 새끼, 고니

많은 우리나라 사람들이 김연아가 새처럼 춤추며 피겨 스케이팅을 하는 멋진 장면을 가슴 깊이 기억하고 있을 것입니다. 이번 겨울, 김연아의 아름다운 동작을 떠올리게 하는 고니의 우아한 발레를 삽교호의 상류에서 아주 가깝게 볼 수 있습니다.

어릴 때 많은 이들이 한 번쯤 읽어 보았을 안데르센 동화 속의 '미운 오리 새끼' 이야기를 기억하실 겁니다. 태어나서 형제들과 주변 친구들에게 온갖 미움을 받으며 성장한 왕따 미운 오리 새끼가 새 중에서 가장 우아하고 아름다운 모습으로 변신한 고니가 되어 해미천에 수백 마리 찾아와 겨울을 즐기고 있습니다. 이러한 고니들의 화사한 수영 모습과 우아하게 하늘을 나는 모습을 보며 김연아의 아름다운 동작을 떠올렸다면, 과연 지나친 비약일까요?

지난해 삽교호에는 예년보다 더 많은 고니가 겨울의 귀한 손님으로 찾아 왔습니다. 먹이를 찾다가 커다란 트럭의 엔진 소리에 놀라 힘차게 날아오르는 모습은 장관입니다. 여름 내내 쌓인 모래로 인해 삽교호의 물 높이가 낮아지면서 다양한 물고기와 조개들이 서식하게 되었고, 이를 먹이로 하는 고니의 쉼터가 생졌습니다.

우리나라에서 고니라고 부르는 이 새를 일부에서는 백조라고 부르기도 하는데, 이는 일본식 한자어입니다. 따라서 고니라고 부르는 것이 정확한 이름입니다. 이 새가 '고니'라 불리는 이유는 날 때 '과안 과안' 하고 우는 소리에서 유래했다고 하는 설이 있지만, 확실하지는 않습니다.

시베리아 동부지방에서 번식하고 겨울에 우리나라를 찾아오는 고니는 저수지와 물 고인 논을 좋아하며 해안을 따라 남쪽으로 내려와 겨울을 보냅니다. 주로 강원도 경포대 경포호, 경상남도 합천, 낙동강 하구, 전라남도 해남 등에서 잠시 머무르거나 겨울을 나며, 삽교호 지역에서는 상류 지역에 최근 600여 마리가 인근에 평택호를 오가며 겨울을 보냅니다.

겨울에 삽교호를 찾은 고니는 큰 무리를 이루어 생활합니다. 바다의 깊은 곳보다는 호수 상류의 얕은 물 위에서 생활하며 여기저기 활발히 헤엄쳐 다니며 먹이를 찾습니다. 무리는 엄마 새와 아빠 새 그리고 올해 태어난 어린 새끼들로 구성되어 있으며, 또 다른 가족과 함께 큰 무리를 이루어 생활합니다. 이 새들의 모습을 살펴보면 유유히 헤엄칠 때는 목을 S자 모양으로 굽히지만, 경계할 때에는 목을 수직으로 세웁니다. 밤에는 하천의 포유류의 공격을 피하기 위해 호수의 중심부에 있는 물에 모여들며 머리를 등과 깃털 사이에 넣고 잠을 잡니다. 지상에서는 양쪽 다리를 번갈아 높이 들어 어색하게 걷고, 물속에 있는 먹이를 찾을 때는 긴 목을 물속 깊이 넣어 바닥에 있는 풀뿌리를 뽑아내곤 합니다. 이럴 때는 엉덩이 부분이 하늘을 보게 되어 마치 서투른 싱크로나이즈드 스위밍 선수를 보는 듯합니다.

수면에서 날아오를 때는 날개를 힘겹게 펄떡이며 수면을 발로 차듯이 뛰어가며 장거리를 활주하면서 날아오릅니다. 마치 커다란 수송기가 많은 화물을 싣고 활주로 끝에서 간신히 이륙하듯 무겁게 하늘로 떠오릅니다. 목은 곧게 뻗고 다리는 배 뒤로 움츠려 붙이며 양쪽 날개를 천천히 펄럭이며 날아갑니다. 막상 이륙하면 그때부터는 우아한 모습으로 비행을 시작합니다. 날 때는 보통 기러기들이 비행하듯 사선 또는 V자 모양으로 줄지어 납니다. 이러한 비행 모습은 장거리를 이동하는 겨울 철새들의 이상적인 모습으로 보입니다.

사할린 차차호 주변에서 번식하는 고니를 최근 호주의 조류학자가 조사한 바에 따르면, 우리가 알고 있는 것처럼 금실이 매우 좋은 부부의 모습은 아니라는 발표가 있었습니다. 고니는 항상 부부가 함께 붙어 있어서 서로의 사랑이 돈독한 새로 알려져 있는데, 이 새들이 가장 바람을 많이 피운다고 합니다. 그것도 암컷이 먼저 수컷을 유혹한다고 합니다. 결국 수컷은 암컷을 철저하게 감시하지만, 암컷은 어느새 다른 수컷과의 관계로 알을 낳아 놓습니다. 고니의 암컷은 알만 낳고 수컷이 부화와 새끼 기르는 일을 하게 되는데, 만약에 암컷이 바람을 피워 낳은 알이라는 것을 알게 되면 수컷은 알을 모두 깨버리고 떠납니다. 사람이라면 슬픈 이혼을 하게 되는 셈입니다.

고니의 종류에는 큰고니, 고니, 혹고니 등이 있으며, 큰고니의 경우 무게가 15kg 정도로 매우 큰 조류이며, 이렇게 덩치가 크다 보니 사냥감으로 좋은 표적이 되어 많은 사람이 남획했습니다. 특히 중국에서는 어미 새보다 새끼의 고기 맛이 훨씬 좋다고 하여 식용으로 선호했고, 고니의 깃털도 귀하게 쓰여서 예로부터 2톤의 큰고니 깃털은 한 대의 트랙터와 바꿀 수 있다고 전해집니다. 또한 큰고니의 지방질을 제거한 피부를 정판피라 하여 부인용 분첩이나 흑판 지우개 용으로 수출해왔다고 합니다.

요즘에는 고니를 보기 위해 먼 길을 마다하지 않고 철새 도래지를 찾는 사람들이 많아졌습니다. 고니를 보면 행운이 온다는 속설 때문인지 평일은 물론 주말에도 많은 가족이 삽교호 상류 지역에 고니를 보러 옵니다. 특히 상류에는 많은 고니 가족이 모여 있어 사람들이 가까이 가도 멀리 가지 않기 때문에 아주 자세히 볼 수 있습니다. 가끔 상류에서 덤프트럭의 소음에 놀란 고니들이 사람들이 모여 있는 근처에 날아와 앉을 때는 커다란 날개를 양쪽으로 크게 벌리면서 마치 수상스키를 능숙하게 타듯이 물 위를 미끄러지는 멋진 묘기도 덤으로 볼 수 있습니다.

올겨울에는 고니의 우아한 모습을 가족과 함께 바라보며 행운이 가득하기를 기원합니다. 미운 오리 새끼가 고니의 우아한 모습으로 변하여 힘찬 날갯짓으로 높고 푸른 하늘을 마음껏 나는 것처럼, 많은 분들이 개인과 가정에 행복이 가득하고 모든 일이 번창하길 기원합니다.

귀염둥이 논병아리

지난해 겨울은 유독 추웠다. 연일 영하의 온도가 계속되었고, 며칠간 내린 눈으로 삽교호의 대부분은 꽁꽁 얼어붙었다. 이러한 추운 날씨 속에서 삽교호의 상류에는 물이 얼지 않은 작은 구석에서 혼자서 물속으로 자맥질을 하는 작은 새가 눈에 띄었다. 멀리서 보면 마치 작은 물고기가 헤엄치는 것처럼 보일 정도로 그 새는 매우 작았다.

망원경을 꺼내 자세히 살펴보니, 그 새는 깜찍하게 생긴 논병아리였다. 몸길이가 약 27cm로 작은 크기의 논병아리 두 마리가 삽교호 상류에서 짝을 이루어 먹이를 잡고 있었다. 여름에는 이 새의 몸 윗면이 검은 갈색을 띠지만, 겨울에는 깃털이 광택 있는 어두운 잿빛 갈색으로 변한다. 특히 여름에는 양쪽 볼에 붉은빛을 띠어 매우 귀엽다. 논병아리는 어미가 되어도 물에서 날아가는 모습을 보기 어려우며, 위험을 느끼면 물속으로 들어가 숨는 귀여운 습성을 가지고 있어 '논병아리'라는 이름이 붙었다. 작고 귀여운 날개를 가졌으며 꼬리는 없고, 푸른 회색 다리에는 물갈퀴가 있어 물속에서 헤엄치거나 방향을 바꾸는 데 유리하다.

논병아리는 뛰어난 잠수 능력을 갖추고 있어 물속에서 오랫동안 머물 수 있다. 그리고 잠수를 마친 후에는 약 30m 떨어진 곳으로 머리를 내밀며 이동한다. 그들의 발가락 가장자리는 넓게 발달하여 있어, 마치 모터보트의 스크루처럼 물속에서 쉽게 추진력을 얻을 수 있다.

이 새는 한국 전역에서 겨울 철새로 서식하며, 삽교호 지역에는 대개 10월 초순에 도착해 다음 해 봄에 시베리아로 날아간다. 일부는 중부지방에 남아 번식하기도 한다. 몸무게는 약 130g으로 물새 중에서는 가벼운 편이며, 암수의 크기와 깃털은 거의 같다. 둥우리는 연못, 논, 물에 고인 수면에 만들며, 3~6개의 알을 낳는다. 논병아리는 알에서 부화하자마자 바로 움직일 수 있어, 둥지를 빠르게 떠나야 천적에게 잡히지 않는 능력을 갖추고 태어난다.

10년 전, 삽교호는 물이 매우 탁하고 여름에는 녹조가 끼었으며, 주변에서는 어로 활동으로 인해 물고기 썩은 냄새가 진동했다. 그때 촬영을 나갔던 나는 악취로 인해 숨을 참으며 긴 둑을 건넜던 기억이 난다. 현재 삽교호는 매우 깨끗한 호수로 변했다. 지난가을, 이곳에서 낚시하던 사람의 살림망에서 1급수에서만 산다는 모래무지가 여러 마리 발견된 것도 수질 개선의 증거였다.

눈이 내리는 날, 삽교호 상류 지역의 물이 얼지 않은 곳에서 논병아리 가족 30~50여 마리가 모여 재롱을 부리며 먹이 활동을 하고 있었다. 차의 시동을 끈 채로 그들의 활동을 지켜보았다. 자동차의 선팅이 약해 나를 볼 수 있었을 텐데도, 새들은 가까이 다가와 여러 마리가 동시에 물속으로 잠수를 했다. 잠시 후, 그중 한 마리는 커다란 미꾸라지를 입에 물고 올라왔다. 논병아리의 작은 입에 물린 미꾸라지는 도망가려 애썼지만, 결국 몇 분 후 작은 입을 통해 삼켜졌다. 커다란 미꾸라지를 삼킨 논병아리의 가느다란 목이 순간적으로 굵어졌고, 나는 그 장면이 신기하고도 놀라웠다. 올해 태어난 어린 논병아리가 먹이를 사냥하고 삼키는 모습이 특히 인상 깊었다.

잠시 후, 미꾸라지를 삼켰던 논병아리가 아주 가까이 다가와 자랑하듯 뽐내는 듯했다. 가까이서 본 논병아리의 노란 눈동자는 눈 속의 노란 별처럼 귀엽고 신기했다. 이 작은 새가 시베리아에서 삽교호까지 온 것을 보면, 자신의 능력만으로는 어렵다는 것을 느낀다. 겨울 초, 거센 북풍을 의지해 온 그들의 모습을 보면서 차가운 바람이 우리를 움츠리게도 하지만, 작고 귀여운 귀염둥이 새들도 함께 데려온다는 것을 새삼 알게 된다.

이번 겨울에는 보다 깨끗해진 삽교호에서 논병아리가 물속에서 헤엄치며 작은 물고기를 잡는 모습을 보며, 그들이 겨울을 어떻게 견디는지를 배우는 시간을 가져보자. 그들의 삶의 지혜를 우리의 삶에 접목하면 내년을 알차게 설계하는 활기찬 시간이 될 것이다.

우강뜰의 진객, 흑두루미

삽교호에 붉은 석양이 내려앉는 시간, 흑두루미의 고결한 날 갯짓을 목도한 적이 있는가? 가창오리들의 군무가 잦아들면서 고요해진 삽교호의 겨울 저녁, 따뜻한 남쪽 나라에서 돌아온 흑 두루미들이 모습을 드러낸다. 그들이 그윽한 모래언덕에 우아 하게 내려앉는 모습은 보는 이들에게 깊은 감동을 선사한다.

이들 중 일부는 일본 가고시마의 따뜻한 품을 떠나고, 또 다 른 일부는 해남의 고남호 주변에서 겨울을 난다. 경상북도 고령 군의 다산면 화원 유원지에서도 일부는 겨울을 보내곤 했으나, 서식 조건의 악화로 점차 그들의 수는 줄어들고 있다. 그럼에도 불구하고 지난겨울 우강뜰에서는 321마리의 흑두루미가 관찰 되었다는 것은 희망의 메시지와도 같다. 이들은 남쪽 지방에서 의 겨울을 보낸 후 에너지를 보충하고, 한 달간 우강뜰에 머무 르며 다시 시베리아로 향하는 긴 여정을 준비한다. 우강뜰은 이 처럼 흑두루미에게 중요한 쉼터이자, 그들의 여정에서 빼놓을 수 없는 중간 기착지이다.

흑두루미는 그 자체로 자연의 보물이다. 천연기념물 제228호 이자 멸종위기 야생 조류 2급으로 지정된 이 귀한 새는 약

100cm의 몸길이를 자랑하며, 농경지와 하구, 갯벌, 초원 주변에서 다양한 먹이를 찾아 살아간다. 우강뜰 주변의 변화된 농법, 특히 무논 조성은 흑두루미가 먹이를 보다 수월하게 찾을 수 있게 해주었으며, 일부 논에서는 수확 후 남겨진 벼가 이들의 주요 먹이원이 되기도 한다.

가족 단위로 먹이를 찾는 흑두루미의 모습에서 자연 속에서의 가족애가 생생하게 드러난다. 부모 새는 새끼들이 안전하게 먹이를 섭취할 수 있도록 끊임없이 주변을 경계한다. 새끼들이 충분히 먹이를 섭취한 후에야 비로소 부모 새도 먹이 활동을 시작한다. 이러한 모습은 자연의 섭리와 가족 구성원 간의 보호 본능을 여실히 보여준다.

새벽이 밝아오면서, 이 우아한 새들은 하늘로 우아하게 솟구친다. 삽교호 상공에서 먹이를 찾아 어디로 향할지 결정하는 그들의 모습은 마치 물감을 풀어낸 화폭처럼 아름답다. 흑두루미가 하늘을 가르는 모습은 자연의 제왕으로서의 위엄과 함께, 그들의 존재가 우리에게 전하는 메시지를 느끼게 한다. 하늘을 나는 그들의 모습은 독수리의 위엄을 연상시키기도 하고, 긴 목과 날씬한 다리는 우아함의 극치를 보여준다.

우강뜰에서의 흑두루미 관찰은 단순히 아름다운 새를 보는 경험을 넘어선다. 그들은 자연과 인간이 어우러지는 연결고리이며, 그들의 존재는 우리에게 깊은 가르침과 영감을 제공한다. 이 귀한 손님을 마주하는 순간마다 우리는 자연의 소중함을 일깨우고, 생태계의 조화로움을 배울 수 있는 귀중한 기회를 얻게 된다. 우강뜰의 흑두루미는 그저 겨울의 손님이 아니라, 자연의

아름다움과 조화를 상징하는 중요한 존재로 우리 곁에 머물러
있다.

깔끔이, 청둥오리

지난 일요일 오후, 나는 시베리아로 가기 위해 준비 중인 새들을 만나기 위해 삽교호 둑을 천천히 걸었다. 바로 옆 논에는 며칠 전부터 개체 수가 급격히 늘어난 흑두루미 수십 마리가 볍씨를 주워 먹으며 시베리아로 출발하기 전 기력을 회복하느라 분주히 움직이고 있었다. 삽교호의 물이 낮은 곳에서는 흑부리오리와 넓적부리 오리가 머리를 물속에 집어넣고 두 발을 밖으로 내민 채 여유롭게 먹이 활동을 하고 있었다.

그중에서 가장 눈에 띄는 오리는 얼굴에 짙은 녹색을 띠고 있는 청둥오리 가족들이다. 지난겨울, 두꺼운 얼음 위에서 추운 발을 호호 불며 혹한을 견뎠던 청둥오리들이 이제는 따뜻한 봄바람을 맞으며 온 가족이 다 모여 먼 여행을 준비하고 있었다. 대부분 청둥오리는 서로 짝을 찾아 활동 중이며, 아직 짝을 찾지 못한 수컷들은 기회를 엿보다가 강한 수컷에게 공격당해 황급히 도망가는 장면도 볼 수 있었다.

청둥오리는 기러기목 오리과에 속하는 흔한 야생 오리로서, 집에서 기르는 대부분의 가금 오리의 조상이다. 유럽, 아시아, 아프리카 및 북아메리카 북부에 걸쳐 번식하며, 수컷은 머리가 금속성을 띠는 짙은 녹색으로, 빛의 방향에 따라 자주빛으로도 보인다. 가슴은 붉은색, 몸 깃은 밝은 흰색이다. 암컷은 주로 황갈색 얼룩무늬가 있어 처음 청둥오리 암컷을 보면 흰뺨검둥오리와 구분이 어렵다.

최근에는 청둥오리를 가금화하여 친환경 영농에 활용하는 방법이 농민들 사이에서 널리 퍼지고 있다. 생후 15일 정도 되는 어린 오리들을 모를 낸 지 얼마 지나지 않은 논에 넣어두면, 논의 잡초를 뜯어 먹고 해충을 잡아먹어서 농약을 사용하지 않고도 벼가 건강하게 자라기 때문이다. 이런 논에서 자란 벼를 도시 사람들은 친환경 쌀이라고 하며 많이 선호한다. 가을에 추수가 끝난 후에는 이 오리들을 식용으로 판매하기도 하니, 그야말로 일석이조의 효과를 누릴 수 있다.

지난가을, 수확이 끝난 우강뜰의 농경지에 수많은 청둥오리가 모여들었다. 논에 낙곡이 많았고 쓰러진 벼들도 많아서 철새들에게 자연스러운 먹이 공급이 되었던 것이다. 이를 알고 많은 청둥오리가 모여들었다. 그러던 중, 농부 복장을 한 사람이 청둥오리를 싸게 팔겠다고 하며 막대기를 휘두르자, 오리들이 옆 논으로 이동했다. 자신의 논에서 기르고 있는 청둥오리라고 했다. 하마터면 넘어갈 뻔했다. 만약 내가 서울에서 왔다면, 아주 싸게 부른 가격에 마음이 흔들려서 모두 샀을지도 모른다. 나는 웃으며 "대동강물을 팔아먹은 봉이 김선달님이 여기 계시는군요."라고 말했다. 그 말을 들은 농부는 머쓱해 하며 머리를 긁었다. "그냥 한 번 해본 소리입니다."라며 친구와 함께 다른 탐조객들이 있는 곳으로 도망치듯 걸어갔다.

청둥오리는 주로 논에서 낙곡을 즐겨 먹고, 위험이 있으면 바로 옆 삽교호의 물가로 날아온다. 그래서 삽교호에서 겨울을 보내는 청둥오리 가족들은 대부분 물가와 가까운 농경지에서 먹이 활동을 한다. 즉, 위험이 생기면 바로 피신할 수 있기 때문이다.

최근 국립환경과학원에서 발표된 연구 결과에 따르면, 청둥오리는 조류인플루엔자(AI)의 주요 매개체로 지목된 바 있다. 청둥오리는 겨울철 우리나라에 찾아오는 대표적인 철새로, 특히 삽교호를 찾는 오리류 중에서는 가창오리를 제외하고 가장 많은 개체 수를 지닌다. 2010년에는 고병원성 AI가 검출된 적이 있어, 정부는 정확한 이동 경로를 파악하기 위해 노력했으며, 국립환경과학원에서는 인공위성 위치 추적을 통해 아산의 작은 하천 곡교천에서 월동한 청둥오리 한 마리가 지난해 12월에 되돌아온 사실을 확인했다고 보도했다. 이 청둥오리는 곡교천에서 출발해 1,300km를 날아오며 하루에 670km를 비행했다고 한다.

이 연구 결과를 보면서, 청둥오리가 조류인플루엔자의 원인으로 몰리는 것이 과연 근거가 있는지 의심스러웠다. 야생에서 생활하는 청둥오리는 얼마나 깔끔을 떠는지, 늘 반짝이는 깃털과 깨끗한 부리와 발을 자랑한다. 동료들보다 강하고 아름다워야 멋진 짝을 찾을 수 있다는 것을 그들은 잘 알고 있다. 그래서 논에서 먹이 활동을 끝내고 물로 돌아올 때면 한참 동안 깃털을 다듬으며 시간을 보낸다. 물속의 각종 물풀을 먹다가도 수시로 목욕을 하며, 작은 흙이라도 붙어 있는 것을 참지 못한다.

삽교호의 3월은 수많은 철새들로 북적인다. 남쪽에서 시베리아로 가는 길에 잠시 머무르며 휴식을 취하는 겨울새들과 이곳에서 번식을 위해 부지런히 올라온 여름 철새들인 왜가리, 백로, 알락할미새들이 함께 살아가는 시기이다. 이 많은 새 중에서 청둥오리는 부부간의 사랑이 넘치는 원앙보다 더 애틋한 사랑을 보여준다. 암컷 옆에서 항상 붙어 다니는 멋진 수컷을 쉽게 볼 수 있으며, 주변의 다른 수컷이 접근하면 목숨을 걸고 싸우기도 한다.

봄이 되면 삽교호의 겨울새들이 거의 북쪽으로 이동한다. 따라서, 아름다운 야생 청둥오리를 쉽게 보려면 가을이 깊어져야 한다. 황금빛으로 물들어가는 우강뜰을 거닐며 깔끔 떠는 청둥오리를 만나보자.

꼭꼭 숨어라, 쇠부엉이

미끄러운 삽교호 둑길을 조심스럽게 지나가고 있었다. 그때 차의 정면으로 한 마리 새가 날아오고 있었다. 얼굴에는 선명한 하트 무늬가 그려져 있었다. 커다란 날개를 펄럭이며 자동차를 스쳐 지나갔지만, 아무 소리도 들리지 않았다. 만약 새를 미리 보지 못했더라면, 무슨 일이 일어난 것인지조차 알지 못했을 것이다.

나는 재빠르게 차창을 열고 카메라를 꺼내려 했지만, 새가 너무 가까이 지나가서 사진으로 담을 수는 없었다. 그렇지만 눈으로는 선명하게 볼 수 있었다. 커다란 얼굴에 그려진 하트 모양의 무늬와 동그란 두 눈을 아주 가까이에서 볼 수 있었다. 차 안에서 내다보는 나와 눈이 마주쳤고, 아마 부엉이도 내 커다란 눈을 보고 놀랐을 것이다.

극야지방에서 날아온 탓일까? 밝은 대낮에 쇠부엉이가 우강뜰 농경지를 유유히 날아다니는 모습은 며칠 전 내린 눈 덕분에 그 어느 때보다 선명하게 보였다.

쇠부엉이는 올빼미목 올빼미과에 속하는 맹금류로, 몸길이는 약 30cm 정도 된다. 얼굴 모양이 다른 부엉이들과 뚜렷이 구분

되는 독특한 형태를 지니고 있다. 북극과 온대 지방, 남아메리카 넓은 지역에서도 서식하며, 한국에서는 겨울에만 찾아오는 겨울새로 천연기념물 324호로 지정되어 보호되고 있다. 갈색 바탕에 흰 점이 있고 가슴에는 줄무늬가 있어, 벼를 베어낸 농경지와 같은 훤히 트인 곳을 좋아하며 낮에도 쉽게 관찰된다. 쥐, 조류, 곤충, 개구리 등을 즐겨 먹지만, 겨울철 한국에서는 주로 쥐를 사냥한다. 번식기에는 집단을 이루어 땅에 둥지를 만드는 것으로 알려져 있으며, 월동기에는 당진의 야산 소나무 군락지에 여러 마리가 모여 생활하는 것이 확인되었다.

지난겨울, 우연히 소나무 숲에 들어갔을 때 약 30여 마리의 쇠부엉이가 소나무 높은 곳에 모여 있는 것을 보았다. 땅에는 그들이 뱉어낸 팰릿(쥐나 새를 먹고 소화되지 않은 뼈나 깃털 덩어리)이 여기저기 흩어져 있었다.

야행성인 부엉이와 올빼미의 깃털은 매우 부드러워 날갯짓할 때 소리가 나지 않는다. 아주 조용하게 소리 없이 날아다니는 모습을 보고 있으면 저절로 감탄하게 된다. 마치 스텔스 기능이 완벽하게 갖춰진 최신 예 전투기가 소리 없이 적지에 접근하여 적이 전혀 눈치채지 않게 공격하는 장면이 연상된다. 커다란 날개를 펄럭이며 날아다니는 모습이지만, 바로 눈앞으로 지나갈 때도 날갯소리를 전혀 들을 수 없었다.

전투기가 이륙할 때 바퀴를 동체 속에 집어넣고 비행하여 공기의 저항을 줄이고 적의 레이더에 포착되지 않도록 하듯이, 쇠부엉이도 비슷한 비행술을 활용한다. 특히 쇠부엉이는 발톱 부근까지 부드러운 깃털로 덮여 있어 비행기가 바퀴를 몸속에 넣은 것과 같은 효과가 있다.

차의 시동을 끈 채로 눈앞에서 쇠부엉이가 날아다니는 장면을 지켜보았다. 멋진 비행술로 먹이를 찾아 날아다녔지만, 그날 사냥에 성공하는 장면은 볼 수 없었다. 아마 며칠 전에는 백로가 논에서 쥐를 잡아먹는 모습을 보았는데, 우강뜰의 생쥐들이 모두 피신을 했는지 부엉이는 한 마리의 생쥐도 잡지 못하고 삽교호 둑의 작은 나무와 흙더미에 앉아 휴식을 취하곤 했다.

흙더미에 앉아 휴식을 취하는 쇠부엉이는 아주 가까이에서 보지 않으면 식별이 어려웠다. 마치 하나의 흙덩어리처럼 보였다. 주변의 높은 곳에 앉아 머리만 살그머니 돌리며 낮은 곳에서 활동하는 쥐를 찾고 있었다. 몸은 움직이지 않고 머리만 돌릴 때 혼란스러워 보였다. 아마 거의 360도 가까이 돌리는 듯했다.

쇠부엉이가 다른 부엉이들과 특별히 다른 점은, 일반적인 올빼미들은 밤에만 활동하는 반면, 쇠부엉이는 흐린 날의 낮에도 활발히 사냥하는 모습을 볼 수 있다는 것이다. 북쪽 지방에서 번식할 때 밤이 짧아 부족한 먹이를 확보하기 위해 낮에도 사냥하던 습관이 월동지에서도 계속 이어지는 것 같았다. 부엉이는 보통 낮에 잘 보이지 않는다고 생각하지만, 쇠부엉이는 넓은 농경지 위를 날며 때로는 눈이 많이 내려 모든 것이 얼어붙은 삭막한 곳에서도 생쥐를 잡아 물고 가는 모습을 어렵지 않게 볼 수 있다.

우강뜰 농경지에 오늘도 쇠부엉이가 나타나 먹이 활동을 시작했다. 요즘 논에는 그 어느 해보다 쥐가 많은 것 같다. 지난해 벼를 수확할 때 볏짚을 함께 수거해야 했지만, 갑자기 많은 눈이 내리고 기온이 내려가면서 낟알이 붙어 있는 볏짚들이 논에 그대로 방치되었기 때문이다. 그로 인해 쥐의 활동도 많아졌고, 생쥐를 주식으로 하는 맹금류와 백로, 왜가리까지 합세하여 쥐를 사냥하고 있다.

부엉이와 올빼미를 구분하는 팁을 하나 드리자면, 올빼미는 남자들이 머리에 기름을 바르고 뒤로 넘긴 모습을 상상하면 쉽게 기억할 수 있다. 부엉이는 머리 위에 귀 모양의 깃털이 있어 쉽게 구분할 수 있다. 물론 솔부엉이처럼 그런 깃털이 없는 새도 있지만, 참고로 '쇠'라는 접두어는 해당 종이 가장 작다는 의미이며, 결국 쇠부엉이는 부엉이 종류 중에서 가장 작은 종이다.

며칠 전부터 날씨가 많이 풀렸다. 그로 인해 삽교호 둑길은 얼어 있던 눈이 살짝 녹아 위험해졌다. 위는 녹고 아래는 녹지 않아 차량 통제에 어려움이 있다. 겨울에 우강뜰의 새를 보려면 매우 조심해야 한다. 무엇보다 안전운전이 최고이다.

나만 미워해 '뻐꾸기'

어릴 적, 친구들과 함께 수영을 즐기던 소양강 물가 옆 자갈밭에는 종달새 둥지가 많이 있었다. 우리는 자주 그곳을 지나며, 발 앞에서 갑자기 새가 날아오르면 새알이 가득한 종달새 둥지를 발견하곤 했다. 여름이면 수영도 하고 물고기도 잡으며 놀았던 그 자갈밭은 종달새에게는 낙원이었다.

초여름, 종달새 둥지를 관찰하며 새끼가 언제 부화하고 둥지를 떠나는지 지켜보는 일은 수영이나 물고기 잡는 것보다 흥미로웠다. 그러던 어느 날, 특이한 장면을 목격했다. 며칠 전 다섯 개의 알이 있던 둥지에 한 마리의 새끼만 남아 있었고, 일주일 후 그 새끼는 둥지가 작을 정도로 크게 자라 있었다. 손으로 살짝 건드리자 새끼는 입을 크게 벌리고 먹이를 달라고 했고, 붉은색 입속을 보고 깜짝 놀랐다. 다음 주에 갔을 때, 둥지 위에 앉아 있는 것은 종달새가 아닌 뻐꾸기였다. 뻐꾸기는 종달새보다 세 배나 컸지만, 여전히 종달새에게 먹이를 받아먹고 있었다. 이것이 내가 처음 본 뻐꾸기의 탁란이었다.

뻐꾸기는 둥지를 만들지 않고, 남의 둥지에 몰래 알을 낳는다. 주로 때까치, 멧새, 붉은머리오목눈이, 숲새, 종달새의 둥지를 이용한다. 뻐꾸기 암컷은 번식기에 12~15개의 알을 낳고, 가짜 어미 새가 알을 품은 지 10~12일 만에 부화한다. 부화한 새끼는 눈도 뜨지 못한 채 둥지 안의 다른 알이나 새끼를 등에 엎고 둥지 밖으로 떨어뜨린다. 가짜 어미 새는 이를 막지 않고 바라보기만 한다. 뻐꾸기는 덩치가 크기 때문에 다른 새끼들과 먹이를 나누면 제대로 자랄 수 없어서 본능적으로 이런 행동을 하는 것이다. 부화 후 20여 일간 자라면 둥지를 떠나고, 떠난 후에도 7일 정도는 가짜 어미에게서 먹이를 받아먹다가 어느 날 훌쩍 날아가 버린다.

숲에서 뻐꾸기 우는 소리가 들리면 봄이 가고 여름이 시작되었음을 알 수 있다. 이때 갈대밭에 둥지를 튼 개개비나 보리밥나무와 찔레나무 속에 둥지를 만든 뱁새에게는 이 소리가 끔찍하게 들릴 것이다. 잠시 둥지를 비운 사이 뻐꾸기가 알을 낳으면, 더운 날씨에 천적을 기르기 위해 고생해야 하기 때문이다.

날이 무더워지면서 곤충이 많아지는 요즘, 개개비를 제외한 대부분의 작은 새들이 첫 번식을 끝내고 두 번째 번식에 들어갔다. 이때가 뻐꾸기가 바빠지는 시기이다. 높은 나뭇가지에서 자신의 알을 맡길 둥지를 미리 찾아두고, 새들이 알을 낳고 둥지를 비우는 틈을 기다린다. 주로 둥지 근처에서 송충이를 잡아먹으며 소일하다가, 둥지가 비면 재빨리 날아가서 알을 낳고, 둥지 속의 알을 한 개 물고 나온다. 이 모든 행동은 약 10초 정도로 매우 빠르게 이루어진다.

글을 쓰고 있는 동안, 조류학자로부터 전화가 걸려왔다. 시골 농가 블록 벽돌 속에 딱새 둥지가 있는데 그 안에 뻐꾸기가 자라고 있다는 것이었다. 딱새와 박새, 제비 등은 여러 가지 방법으로 뻐꾸기의 탁란을 피하는데, 딱새는 작은 굴을 이용해 둥지를 만들고, 제비는 민가의 처마 밑에 둥지를 지어 뻐꾸기로부터 보호받는다. 그런데도 블록 담 안의 딱새 둥지에 뻐꾸기 새끼가 살고 있다는 소식은 놀라웠다. 그 큰 몸을 가진 뻐꾸기가 좁은 공간에 어떻게 알을 낳았는지 신기할 따름이다.

뻐꾸기는 숙주 새보다 일찍 깨어나야 다른 새끼들을 둥지 밖으로 밀어내기가 쉽다. 이 때문에 알을 낳기 전 뱃속에서 어느 정도 숙성이 된다는 설도 있다. 뻐꾸기의 탁란은 알을 여기저기 나누어 놓음으로써 유사시에 모두 잃는 위험을 줄이는 장점이 있다.

뻐꾸기는 봄날의 정서를 표현하는 시나 소설에 자주 등장했지만, 지금은 농약 살포로 인해 송충이가 사라져 보기 힘든 새가 되었다. 동요 '오빠 생각'의 한 구절처럼 뻐꾸기를 기대하기는 어렵게 되었다. 퇴근길에 대나무 숲 옆 높은 전신주에서 뻐꾸기가 무더위도 잊은 채 노래를 부르고 있다. 아마 대나무 속의 뱁새 둥지에서 자신의 새끼가 자라는 것을 지켜보며 흥겨워하는 눈치이다. 작은 새들이 자신을 미워하는 것도 모르는 것처럼.

나뭇잎일까, 노랑눈썹솔새

초봄의 숲에서 연초록 버드나무 잎이 싱그럽게 피어나며 마법 같은 분위기를 자아냅니다. 지난겨울의 추위가 마치 봄이 오지 않을 것처럼 느껴졌던 기억은 사라지고, 죽은 듯 보였던 나뭇가지에서 아기 손처럼 부드러운 연초록 잎이 솟아나며 자연의 신비로움에 감탄하게 됩니다.

미세한 봄바람에 나뭇잎 하나가 떨어지는 것처럼 보였지만, 그것은 잎이 아니었습니다. 마치 나뭇잎처럼 바람에 날아다니는 작은 새였습니다. 너무 작아 자세히 보지 않으면 그냥 지나칠 수 있는, 참새보다 훨씬 작은 앙증맞은 새였습니다.

더 자세히 보니 한 마리가 아닌 몇 마리가 나뭇가지 사이를 조심스럽게 날아다니고 있었습니다. 이 길을 자주 다녔지만, 이토록 작은 새들을 가까이에서 만나는 것은 올해 처음이었습니다.

그 새는 바로 노랑눈썹솔새였습니다. 이 새는 길이가 10.5cm에 불과한 아주 작은 소형 조류로, 윗면은 노란색을 띤 녹색, 아랫면은 노란색을 띤 회색입니다. 노란색의 긴 눈썹 선과 날개에 있는 두 개의 선이 뚜렷해 다른 솔새들과 쉽게 구분됩니다. 주로 산림, 정원, 공원 등에 서식하며, 버드나무와 대나무가 우거진 곳을 선호합니다.

덩치가 작고 주변 나무와 거의 같은 색을 띠고 있어 자세히 보지 않으면 잘 보이지 않습니다. 특히 버드나무나 대나무 사이로 날아다닐 때는 마치 나뭇잎이 바람에 떨어지는 것처럼 소리 없이 날아다니기 때문에 식별하기가 어렵습니다.

노랑눈썹솔새들이 먹이 활동을 하는 모습을 조용히 관찰해 보면, 그들의 귀여운 모습과 아름다운 노랫소리에 빠져들게 됩니다. 가끔 차를 세워 놓고 있는 곳으로 가까이 다가와 나무의 새순을 따 먹거나 벌레를 잡아먹곤 합니다. 그러다 나와 눈이 마주치면 잽싸게 나뭇잎 뒤로 숨는데, 그 모습을 놓치지 않으면 어떤 것이 새인지, 나뭇잎인지 구분하기 어렵습니다. 새가 다시 움직일 때까지 기다려야 합니다.

오늘은 노랑눈썹솔새를 사진에 담기 위해 강태공이 되어 보았습니다. 새를 보는 것에 만족하지 않고 직접 촬영해보기로 마음먹었습니다. 야생 조류를 촬영하는 방법의 하나는 새가 올 만한 곳에서 무작정 기다리는 것입니다. 물론 숲의 상태를 보고 이곳에는 원하는 새가 틀림없이 올 것이라는 확신을 가지고 기다려야 합니다. 자동차 옆 좌석에는 오랜 시간을 기다리며 무료함을 달랠 책과 간식, 마실 거리를 준비해 두어야 합니다. 새들이 왔다가 놀라서 날아가 버리면 다시 새들이 돌아올 때까지 오랜 시간을 기다려야 하니까. 스마트폰을 가지고 소리를 가장 작게 설정해 인터넷 검색이나 게임을 하는 것도 좋은 방법입니다. 다만, 새들이 이동할 때 서로 의사소통을 위해 지저귀는 소리에 귀를 기울여야 합니다.

　나뭇가지 사이로 다니던 새가 갑자기 내 앞에 나타났습니다. 잠시지만 예쁜 자세를 잡아주기도 합니다. 마치 숙련된 모델처럼 자세를 바꾸며 포즈를 취해주지만, 그 움직임이 매우 빠르고 조심성이 많아 그늘 속에서 움직이기 때문에 초점을 맞추기가 어렵습니다. 이렇게 빠르고 작은 새를 촬영할 때는 카메라의 셔터 스피드를 약 1/2,000초로 설정하는 것이 좋습니다.

　노랑눈썹솔새는 높은 산의 가문비나무나 낙엽송과 같은 침엽수림에서 번식하는 나그네새로, 삽교호 지역에서는 번식을 위해 북쪽 지방으로 이동하는 시기에 중간 급유를 위해 머무릅니다. 이동할 때 여러 마리가 무리를 형성하기도 하고, 이동 전에 미리 짝을 이룬 암수가 함께 이동하는 모습을 볼 수 있습니다. 대나무 숲과 버드나무 숲에서 관찰한 결과, 이 새는 거의 모든 생활을 나무 위에서 합니다. 물을 마실 때를 제외하고는 땅으로 내려오는 모습을 본 적이 없습니다. 물을 마실 때도 물에 잠긴 나뭇가지에 앉아 물을 마시며, 위험이 생기면 바로 나무 위로 날아갈 준비를 하는 등 경계심이 강합니다.

　요즘 노랑눈썹솔새는 남쪽 먼 나라에서 월동을 하고, 번식을 위해 북쪽으로 이동 중인 삽교호에서 중간 휴식을 취하며 먹이 활동에 열중하고 있습니다. 이 새를 쉽게 볼 수 있는 곳은 해미천의 양옆에 있는 버드나무 위입니다. 그곳에서 나무의 연한 새순을 뜯어 먹고, 작은 벌레들을 잡아먹으며 나뭇가지 사이를 부지런히 이동합니다. 이 새를 볼 수 있는 시기는 지금부터 오월 중순까지입니다. 일주일 후에도 이 새는 삽교호 지역에 머물겠지만, 나뭇잎이 더 커지면 노랑눈썹솔새를 찾기 어려워집니다.

　신록의 계절 오월, 하루가 다르게 짙어져 가는 녹색의 숲을 보기만 해도 마음이 편안해지고 눈이 시원해집니다. 이럴 때 들과 산을 거닐며 녹음을 즐기고, 길게 늘어진 버드나무 가지 사이로 아름답게 지저귀며 재롱을 부리는 노랑눈썹솔새를 만난다면 나들이의 기쁨이 배가 될 것입니다.

물총새, 낚시의 명수

무더운 여름날, 삼복더위가 절정에 이른 시기에, 물가에서 시원하게 더위를 보내는 작은 새가 있었다. 나뭇가지 사이에서 더위를 피하고 있는 다른 새들과 달리, 뜨거운 햇살 아래에서 물속을 드나들며 사냥을 즐기는 물총새를 만났다. 이 작은 새는 마치 개울가에서 천렵을 즐기듯, 물속을 떠나지 않고 생존의 기술을 펼치고 있었다. 오늘은 물가에 쓰러진 소나무 위에서 물총새 가족이 모여 있었다. 비탈진 숲에서 한 달 전 번식을 마친 새끼들은 이제 자라서 물고기 잡기 연습을 하고 있었다.

어미 새는 빠른 속도로 날아 물속으로 잠수를 한 후, 먹이를 잡아 물 밖으로 나왔다. 그러나 그 먹이를 새끼들에게 주지 않고 스스로 꿀꺽 삼켜버렸다. "배가 고프면 너희가 잡아먹으라"는 듯한 태도였다. 사람들 역시 자식들에게 물고기를 직접 주기보다는 스스로 잡는 법을 가르쳐야 한다는 이야기를 종종 하는데, 물총새의 교육 방식을 보고 배운 것인지도 모른다.

'물총새'라는 이름을 들으면 입에 물을 가득 담고 먹이를 향해 물을 쏘아 먹이를 잡는 열대의 물고기가 연상되기도 한다. 그러나 물총새의 행동은 그런 모습과는 다르다. 영어로 'Common Kingfisher'라 불리는 이 새의 이름은 우리나라에서 붙인 것이지만, 실제로는 '비취새'라는 이름이 더 잘 어울리는 듯하다. 고대 사람들은 이 새의 화려한 색에 매료되어 '비취새'라고 불렀다.

어미 물총새는 나뭇가지에 조용히 앉아 있으면서 고개만 살짝 움직였고 둥지를 떠난 지 얼마 되지 않은 아기 새들이 장난을 치다 어미 새의 눈길에 주눅 들며 한 곳을 응시하고 있었다. 오랜 시간 동안 지켜본 끝에, 그곳에서 물총새가 되고 싶다는 생각이 들었다. 어제저녁, 물총새들이 낮에 놀던 자리에 위장 텐트를 설치하였고, 오늘 아침에는 그곳에서 물총새를 기다렸다. 텐트 속에서 땀에 젖어가며 기다리던 중, 물총새들이 사냥을 하지 않고 나무에만 앉아 있는 모습을 보고 조바심이 났다.

그러나 기다림의 끝에 드디어 어미 새가 나뭇가지에서 빠른 속도로 물속으로 날아 들어갔다. 작은 수서곤충을 잡아 나왔고, 그 모습을 본 아기 새들이 물속으로 뛰어들었다. 하지만 허탕이었다. 아기 새들은 물속에 먹이가 넘쳐날 것이라고 착각했던 것 같다. 물총새는 시야 확보하기 위해 물속에서도 눈을 보호하는 얇은 막을 갖추고 있어, 먹이를 정확히 볼 수 있다. 사람들은 물속에서 눈을 뜨면 불편함을 느끼지만, 물총새는 태어날 때부터 이러한 장비를 갖추고 있어 매우 편리할 것이다.

며칠 후, 다시 찾은 물가에는 어미 물총새는 보이지 않고, 아기 새들만 남아 있었다. 어미 새는 물고기 잡기 훈련을 마치고, 새끼들만 남겨두고 떠난 듯하다. 나뭇가지에 모여 앉아 물속을 바라보는 아기 새들의 모습이 애처로워 보였다. 그들의 고독이 느껴졌고, 멀리서 조용히 지켜보았다. 그러던 중, 한 아기 새가 물속으로 들어가 작은 피라미를 잡아 나왔다. 형제들이 모여들어 서로 물고기를 빼앗으려 다투기 시작했다. 그렇게 물총새 아기 새들의 홀로서기가 시작되었다. 자연의 거센 변화와 천적을 피하며 스스로 성장해 나가야 할 시점이 다가온 것이다.

물총새는 삽교호 전역에서 쉽게 볼 수 있는 새는 아니지만, 산비탈의 흙이 드러난 부분을 자세히 보면 그들의 둥지를 발견할 수 있다. 그들의 둥지는 길고 단단한 불리로 흙을 깊게 파내어 만들며, 쥐나 뱀이 잘 올라오지 않는 수직 또는 더 경사진 곳을 선택한다. 물총새는 우리나라 전역에서 번식하며, 일부는 겨울에도 삽교호를 떠나지 않고 머무르기도 한다. 아마도 삽교호의 상류에서 내려오는 물이 얼지 않기 때문에 그곳에서 편하게 먹이를 잡으며 머무는 것으로 보인다.

삽교호의 새들을 보러 갈 때, 이번 주에는 물가의 바위나 물속에 있는 나뭇가지에서 고독하게 앉아 낚시를 즐기는 작고 앙증맞은 비취색의 물총새를 만나보자. 그 작은 명수가 자연에서 펼치는 아름다운 생존의 기술을 감상하는 순간, 여름의 무더위는 잊혀질 것이다.

평론

꽃과 자연과 일상과 카메라

조동범(시인)

1. 자연

자연은 도시의 대척점에 존재한다. 일반적으로 도시가 비극성 등의 부정적 인식을 갖는 반면 자연은 긍정의 지점으로 다가오는 경우가 많다. 근대성의 세계로 진입하며 인간은 자연을 버렸다. 자연과 결별한 인간 앞에 남은 것은 근대의 비극적 모습이었다. 자연은 그 자체로 완벽한 세계를 상정한다. 그것은 마치 신성처럼 다가오며 우리가 도달하고 싶어하는 이상향으로 남는다. 하지만 근대가 펼쳐진 이후에 자연은 더 이상 신성의 영역에 남아 있지 않다. 또한 이상향의 지위도 잃어버리고 말았다. 물론 사람들은 여전히 자연을 그리워하며 갈망한다. 하지만 우리의 삶은 근대성에 함몰된 채 자연과 반대 지점을 향해 나아가게 되었다. 그런 가운데 자연은 영원히 도달할 수 없는 이상으로만 남는다.

잃어버린 자연이기에 사람들은 자연을 더욱 강렬하게 원한다. 근대 이전에 인간의 삶과 하나였던 자연의 모습을 되찾는 것은 불가능할지도 모른다. 하지만 그곳에 도달하고자 하는 노력은 그것만으로도 소중하다. 자연을 버린 것은 인간이다. 자연은 변함없이 완전한 모습으로 남아 있으며 긍정의 세계를 상정한다. 현동선 작가가 포착한 자연 역시 긍정의 세계를 펼쳐보인다. 작가에게 자연은 아름다움임과 동시에 그리움이다. 또한 삶의 가치를 일깨우는 소중한 존재이기도 하다. 작가는 자연을 탐문하며 근대적 세계 속 비극 너머를 보려고 한다. 작가는 자연이라는 하나의 소재에 집중하고자 한다. 특히 꽃에 집중하는 작가의 시선은 자연이 우리에게 갖는 의미를 떠올리게 하는 중요한 지점이다.

> 우강뜰에서의 흑두루미 관찰은 단순히 아름다운 새를 보는 경험을 넘어선다. 그들은 자연과 인간이 어우러지는 연결고리이며, 그들의 존재는 우리에게 깊은 가르침과 영감을 제공한다. 이 귀한 손님을 마주하는 순간마다 우리는 자연의 소중함을 일깨우고, 생태계의 조화로움을 배울 수 있는 귀중한 기회를 갖게 된다. 우강뜰의 흑두루미는 그저 겨울의 손님이 아니라, 자연의 아름다움과 조화를 상징하는 중요한 존재로 우리 곁에 머물러 있다.
> —「우강뜰의 진객, 흑두루미」 부분

작가는 자연을 집요하게 바라봄으로써 그것의 아름다움을 발건하여 제시하고자 한다. 이때 자연을 응시하는 작가의 시선은 자연 위에 있지 않다. 자연이 인간과 대등한 관계임을 사유의 근간으로 삼는다. 작가에게 자연은 "아름다움과 조화를 상징하는 중요한 존재로 우리 곁"에 머문다. 이때 자연의 아름다움은 단편적인 의미로 머물지 않는다. 작가가 인식하는 자연의 아름다움이 "단순히 아름다운 새를 보는 경험을 넘어"서는 것처럼 표면적인 것으로 제한되지 않는다. 자연에 대한 이러한 인식과 태도는 인간중심적인 사고를 극복한 것이다. 자연을 한갓 표피적인 아름다움의 대상으로만 응시하는 태도는 옳지 않다. 인간이 자연의 일부임을 인식하고 순응하는 것이야말로 자연을 바라보는 올바른 태도이다.

> 오늘은 김춘수 시인의 시구가 떠오른다. "내가 그의 이름을 불러주었을 때, 그는 내게로 와서 꽃이 되었다." 우리가 그냥 지나치면 길가에 피어 있는 들꽃과 얼음이 녹으면서 화사한 꽃을 피우는 버들강아지도 아무 의미가 없을 것이다. 그런 사람들에게는 봄이 오는 줄도 모르고 지나가는 의미 없는 시간일 뿐이다.
> —「동심으로 이끄는 버들강아지」 부분

김춘수 시인의 「꽃」을 떠올리며 작가는 작은 대상까지 주체적인 존재로 인식해야 함을 강조한다. 물론 자연에 이름을 붙이는 주체가 인간이라는 점에서 인간중심적인 사고의 한계를 완전히 벗어나지는 못했다고 볼 수도 있다. 하지만 「동심으로 이

끄는 버들강아지」를 통해 작가가 말하고자 하는 것은 사소한 것들도 독립적인 주체로서 존재한다는 것이다. 따라서 인간중심적 사고의 관점을 드러낸 것이라기 보다 대상에 대한 관심을 적극적으로 개진한 것으로 파악해야 한다. 이 글에서 말하는 '이름'은 하나의 존재가 지니고 있는 주체적 실체로서의 가능성과 가치이다. 작가는 자연을 인간과 연결지어 상하 관계로 파악하지 않는다. 현동선 작가가 파악하는 자연은 언제나 인간과 수평적 관계를 유지하며 독립적 존재로 남는다.

2. 꽃

자연 가운데 현동선 작가가 특히 주목하고 있는 것은 꽃이다. 이 책은 꽃에 대한 헌사라고 할 수 있을 정도로 꽃은 산문집 전반을 아우른다. 작가는 꽃을 집중적으로 다룸으로써 자연을 소재로 했을 때 저지르기 쉬운 상투성을 극복한다. 자연에 대한 내용을 다룬 수필 중 진부함을 극복하지 못한 경우가 많다. 우리가 흔히 떠올리는 자연을 상투적으로 표현하는 작가가 많다. 그 뿐만 아니라 자연을 통해 상식적인 수준의 감상과 사유를 늘어놓기도 한다. 하지만 글감으로서 자연 역시 상투성에 함몰되면 안 된다는 점은 자명하다. 그런 점에서 작가가 말하고자 하는 자연은 언제나 개성적이어야 한다. 더구나 이러한 상투성이 일상에 대한 안이한 입장과 만날 때 수필은 힘을 발휘하지 못한다.

타샤 튜더가 쓴 『타샤의 정원』이 독자들에게 많은 공감을 불러일으키며 사랑을 받은 것은 이런 이유에서이다. 같은 자연의 모습일지라도 작가는 그것에 특별함을 부여해야 한다. 자연주의자 타샤 튜더가 30만 평의 대지에 꾸민 정원은 그 자체로 특별한 감각을 지닌다. 우리는 타샤 튜더의 정원을 바라보며 익숙한 듯 새로운 자연과 마주하게 된다. 상식적이고 상투적이기만 한 자연은 글감으로서 매력을 갖지 못한다. 현동선 작가는 마치 타샤 튜더와도 같이 꽃에 집중함으로써 자연에 대한 사유와 감각을 끌어올린다. 수필 속 꽃 중 상당수는 우리가 익히 알고 있는 것이지만, 그것들은 하나의 군(群)을 이루며 새로움으로 재탄생한다.

오늘 아침, 여러분은 어떤 꽃들을 만나셨나요? 장마가 시작되면서 그동안 비를 기다렸던 꽃들이 서로 다투듯 피어나며 함성을 지르고 있습니다. 늘 우리가 걷던 길가에는 개망초꽃이 온천지를 하얗게 만들어 놓았습니다. 오늘은 간단하게 카메라를 메고 아파트 뒷산을 올랐습니다. 풀들이 무성히 자라 등산로를 침범한 모습이었습니다. 길가에는 개암나무 열매가 익어가고, 덩굴꽃들이 서로 의지하며 하얗게 미소를 짓고 있었습니다.
　　　　　　　　　　　　　　　　　　─「산책로 친구, 까치 수영」 부분

여름이면 조용한 연못가에서 고고하게 피어나는 연꽃은 그 자체로 경이롭다. 그 맑은 향기와 순결한 자태는 누구라도 순간의 아름다움에 사로잡히게 한다. 하지만, 그러한 아

름다움 뒤에는 보이지 않는 진흙의 힘이 숨어 있다. 진흙 속
에서 뿌리를 내리고 그 어두운 품에서 영양을 얻어 성장하
는 연꽃의 삶은, 마치 우리의 존재를 깊이 성찰하게 하는 거
울과도 같다.

—「진흙과 연꽃」 부분

개망초꽃과 연꽃은 우리에게 익숙한 아름다움이다. 그리고
그러한 꽃을 바라보는 일상 역시 특별할 것 없는 순간이다. 작
가의 개망초꽃과 연꽃을 바라보는 장소와 시간 역시 삶의 평범
한 지점일 뿐이다. 작가는 등산로를 따라가며 개망초꽃을 만나
고 동네 연못가를 산책하며 연꽃을 바라본다. 사실 이러한 일상
의 대목은 수필의 글감으로 지극히 평범한 것일지도 모른다. 더
구나 이런 장면을 통해 나타나는 사유는 상식적인 수준에 머무
는 경우도 많다. 하지만 작가는 꽃에 집중하며 그것을 담담한
어조로 빚어냄으로써 천편일률적인 수필의 한계를 극복한다.

좋은 수필은 하나의 소재에 집중하여 한 권의 책으로 묶을 때
빛을 발하는 경우가 많다. 작가의 생각이나 삶을 떠오르는 대로
쓰기보다 한 가지를 택하여 쓰는 것이 좋다. 모든 것을 말하기
보다 작고 사소한 것에 주목할 때 수필로서 가치를 지닌다. 그
런 점에서 작가의 관심사나 취미 등에 집중하면 유의미한 가치
를 지닌 수필을 쓰기 쉽다. 그런데 많은 이들이 관심사나 취미
를 다룬 글을 가볍게 치부한다. 하지만 작가의 생각이나 의견,
감동과 교훈 등을 말한다고 품격 있는 글이 되는 것은 아니다.
오히려 그런 태도를 가지고 있을 때 글은 힘을 잃어버리게 된

다. 현동선 작가의 수필은 하나의 소재에 집중하고 있다는 점도 좋지만 독자를 애써 설득하려고 하지 않는다는 점도 훌륭한 덕목이다.

3. 일상

일상은 작가들이 가장 많이 다루는 수필의 소재다. 수필이 흔히 신변잡기를 다룬다고 알려진 것만큼이나 일상은 좋은 글감이다. 다만 일상을 어떤 양상으로 다루느냐에 따라 결과물의 수준은 차이가 크다. 우리는 흔히 일상을 자신의 주변에서 일어나는 사소한 삶의 순간이라고만 생각한다. 틀린 말이라고 할 수는 없지만 이 말은 일상이 지닌 가치와 의미를 제대로 파악한 것이 아니다. 더구나 글감으로서의 일상은 사소하기만 해서는 안 된다. 사실 일상은 우리가 보내는 시간 전반을 통칭하는 말이 아니다. 일상은 19세기 이후 근대성의 세계에 진입한 이후에 나타난 시간 개념이다. 19세기 이전인 전근대적 세계에는 일상이 존재하지 않았다. 일상의 정확한 의미는 근대 이후 인간에게 부여된 잉여의 시간이다. 기계문명으로 인해 얻게 된 시간이 바로 일상이다. 하지만 오늘날 일상은 일반적으로 '사건화'되지 않은 평범한 삶의 순간 전반을 지칭하는 개념이 되었다.

많은 수필 작가들이 이러한 일상을 다루고 있는데, 이때 좋지 않은 수필의 양상이 나타나기도 한다. 일상의 개념을 정확하게 인지하지 못하고 글을 쓰는 경우가 많기 때문이다. 이들은 일상이 관계를 맺는 근대성에 대한 이해가 부족한 상태에서 글감을 다룰 뿐만 아니라 지극히 사적인 푸념이나 넋두리를 일상으로 오해한 뒤 글로 쓴다. 이 뿐만 아니라 상식적인 수준의 생각이나 감정, 주장 등을 늘어놓기도 한다. 수필은 신변잡기를 다루더라도 작품으로서의 가치를 지녀야 한다. 수필은 사적 담화의 양상으로 글이 전개되는 경우가 많다. 하지만 사적 담화인 경우에도 그것이 전달하는 가치가 희박하다면 문제가 된다. 그렇다고 굳이 거창한 주제를 말할 필요는 없다. 하지만 독자가 해당 수필을 통해 무엇인가 가치를 느끼지 못한다면 곤란하다.

> "여보! 이리 와 보세요. 히야신스가 꽃을 피웠어요." 아내의 말에 이끌려 발코니로 나가보니 며칠 전 아내의 생일선물로 사다 준 히야신스가 하얗게 꽃을 피우고 진한 향기를 내뿜고 있었습니다. 나는 아내의 부산함과는 달리 발코니의 넓은 창을 열고 밖을 내다보았습니다. 창밖에는 봄비 치고는 매우 굵은 비가 주룩주룩 내리고 있었습니다. 바람도 봄바람치고는 매우 세차게 불어서 아파트 앞에 있는 커다란 메타세쿼이아의 가지가 활처럼 휘어지며 윙윙 소리를 내고 있었습니다.
> —「천사의 미소, 노루귀꽃」 부분

현동선 작가는 일상의 사소한 지점을 포착한 뒤 그것으로부터 유의미한 것들을 추출하는 데 빼어난 능력을 가지고 있다. 작가의 사적 담화는 잔잔하고 소소하지만 그것은 언제나 공적 담화로 기능하며 독자의 마음을 사로잡는다. 그렇기 때문에 현동선 작가의 수필은 상투성에 함몰되지 않고 담백하게 다가온다. 「천사의 미소, 노루귀꽃」은 꽃을 피운 히야신스와 그것을 바라보는 순간을 산뜻하게 표현했다. 지극히 사소한 일상처럼 느껴지지만 문장과 정황을 담백하게 다룬 이 글은 우리에게 잔잔한 감동을 준다. 감정의 과잉도 느껴지지 않는다.

> 이른 봄에 피어나는 바람꽃은 키가 매우 작습니다. 그래서 자세를 낮추어야만 꽃의 세밀한 아름다움을 제대로 볼 수 있습니다. 바람꽃 앞에 쪼그려 앉아, "바람꽃!" 하고 나지막하게 사랑스럽게 불러 보았습니다. 산기슭을 타고 올라온 골바람에 떨고 있는 어린아이 손톱만한 꽃송이는 오늘따라 더욱 흔들리고 있었습니다. 그 흔들림이 계곡에서 불어오는 작은 바람 때문인지, 숨 가쁘게 올라온 나의 거친 호흡 때문인지 모르겠지만, 나는 그저 꽃의 아름다움에 반해 바라만 보고 있었습니다.
>
> ─「흔들리면 어떠리, 바람꽃」 부분

몸을 낮추고 꽃을 바라보는 순간은 분명 애틋한 감정이 들지만 그것에서 글감을 건져올리는 것은 쉽지 않다. 그만큼 일상은 사소한 것이고, 그것으로부터 무엇인가를 포착하여 독자에게 전달하는 것이 힘들기 때문이다. 현동선 작가는 길가의 꽃을 바라보는 순간이, 그 꽃을 소리내어 불러보는 순간이 어떻게 한 편의 수필이 되는지 본능적으로 알고 있는 듯하다. 작가는 꽃의 아름다움에 반한 순간을 쓰고 있지만 자신의 감정을 애써 설명하지 않는다. 그저 아름다운 꽃을 바라보고 있다고 담담하게 진술할 뿐이다. 현동선 작가의 글이 담백한 아름다움으로 다가오는 것은 이처럼 생각을 덜어낸 뒤에 문장을 간결하게 쓰기 때문이다. 모든 글쓰기는 부족할 때는 물론이고 과할 때 문제가 발생하기 쉽다. 현동선 작가의 일상은 작고 사소한 것들의 연속이다. 그리고 바로 그곳에 현동선 수필의 매력이 있다.

4. 카메라

꽃에 대해 탐문하는 현동선 작가의 수필을 읽으며 눈길을 사로잡은 것이 하나 더 있다. 카메라에 대한 애정이 바로 그것이다. 꽃을 비롯한 자연을 바라보는 작가는 자신의 시선에 카메라 렌즈를 더하여 그것을 집요하게 파악하려고 한다. 그런 점에서 카메라는 작가의 또 다른 눈이다. 글쓰기는 흔히 관찰과 묘사의 중요성이 강조된다. 대상을 집요하게 관찰하는 것은 모든 글쓰기의 처음 자리에 놓이는 중요한 덕목이다. 이러한 관찰을 바탕으로 묘사를 했을 때 좋은 글과 만날 수 있다. 현동선 작가의 글이 객관적 거리를 유지하며 대상을 담백하게 제시하는 것은 이러한 관찰이 있기에 가능한 것이다. 작가는 언제나 카메라를 통해 글감을 응시하려고 한다. 그리고 이러한 점은 글에 대한 태도로 이어져 자신만의 개성을 만들어냈다.

나에게도 여자 친구가 생겼다. 주말에 고향 친구를 만나러 가던 경춘선 열차 안에서였다. 고등학교 때 단테의 신곡에서 만났던 베아트리체처럼 파란 하늘을 가득 담은 맑은 눈동자는 고향의 호숫가에 있는 듯한 착각을 느끼게 했고, 미소 지을 때 입술 사이로 살짝 보이는 하얀 치아는 보석처럼 반짝거렸다. 그녀를 만나면 가을 하늘 높이 날아오르는 한 마리 솔개가 되어 구름 위를 날아다니는 것처럼 마냥 행복했다. 그녀를 알게 된 이후 카메라의 파인더로 보는 이 세상의 모든 피사체는 그녀를 위한 배경에 불과해졌다. 처음 만나서 데이트를 한 덕수궁 정원에 피어 있던 연분홍빛 진달래꽃과 샛노란 개나리꽃도 그날의 나에게는 단지 그녀의 아름다움을 돋보이게 하려고 피어 있는 소품에 불과했다.

—「85mm 여친렌즈」 부분

　　카메라를 메고 산과 들을 다닌 지 벌써 40년이 지났다. 주말이 되면 자연스럽게 지난 시간 동안 카메라를 메고 새들을 찾아 헤매던 천수만의 넓은 들과 도비산의 나지막한 산기슭, 금강, 낙동강 을숙도를 다닌다. 그중에서 최근 몇 년 동안 작품활동을 해온 삽교호와 우강뜰이 가장 인상적이다. 특히, 상왕산에 자리한 영탑사 부근에서 만난 팔색조와 긴꼬리딱새 부부는 나를 신비의 세계로 이끌기에 충분했다. 그리고 영탑사 주변에 흐드러지게 피어 있던 벚나무와 양지바른 곳에서 노래하는 현호색을 비롯한 야생화들의 이야기를 잊을 수 없다.

—「새의 미소, 꽃의 노래」 부분

　　카메라로 세상을 바라보고자 하는 작가의 태도는 「85mm 여친렌즈」에 잘 나타나 있다. 렌즈를 통해 바라본다는 것은 중요한 부분을 더욱 집중적으로 파악할 수 있다는 것을 의미한다.

작가는 글감을 카메라 렌즈를 통해 바라보는 것처럼 응시하고
자 한다. 이때 사랑하는 사람이라는 피사체는 다른 감각으로 전
이되며 작가의 문학적 투지로 전환되기에 이른다. 렌즈를 통해
보이는 그녀의 미소는 어느새 "가을 하늘 높이 날아오르는 한
마리 솔개"가 되기도 하고 행복한 감정이 되기도 한다. 작가는
「새의 미소, 꽃의 노래」에서 밝힌 것처럼 40여 년 카메라를 메
고 다니며 우리나라 전역의 자연을 담았다. 그런 점에서 현동선
작가의 수필은 카메라로 쓴 것일지도 모른다는 생각이 든다. 그
런 점에서 그의 수필은 한 글자 한 글자 정성스럽게 적은 문자
의 기록이기도 하지만 카메라를 통해 꼼꼼하게 바라본 이미지
이기도 하다. 그리고 바로 여기에서 현동선 수필의 미적 거리가
발생한다. 그는 이러한 미적 거리를 통해 자연과 일상의 평범한
순간을 예술의 한없는 아름다움으로 치환하기에 이른다.

오늘 아침 어떤 꽃을 만나셨나요

초판 1쇄 인쇄일	ㅣ 2024년 10월 18일
초판 1쇄 발행일	ㅣ 2024년 10월 25일

지은이	ㅣ 현동선
발행처	ㅣ (재)당신문화재단
	충청남도 당진시 무수동 2길 25-2
	Tel 041-350-2911 Fax 041.352.6896
	https://www.dangjinart.kr/

펴낸이	ㅣ 한선희
편집/디자인	ㅣ 정구형 이보은 박재원 이민영
마케팅	ㅣ 정찬용 정진이
영업관리	ㅣ 한선희 이민영 한상지
책임편집	ㅣ 이보은
인쇄처	ㅣ 으뜸사
펴낸곳	ㅣ 국학자료원 새미 (주)
	등록일 2005 03 15 제25100·2005·000008호
	경기도 고양시 덕양구 권율대로 656 원흥동 클래시아 더 퍼스트 1519,1520호
	Tel 02)442·4623 Fax 02)6499·3082
	www.kookhak.co.kr
	kookhak2010@hanmail.net
ISBN	ㅣ 979-11-6797-202-6 *03810
가격	ㅣ 12,000원